夏七夕工作室　　魅丽文化

联　合　出　品

棉棉

许汀舟

何处听雨 著

百花洲文艺出版社

图书在版编目（CIP）数据

棉棉许汀舟 / 何处听雨著. -- 南昌：百花洲文艺
出版社，2019.10
ISBN 978-7-5500-3393-1

Ⅰ. ①棉… Ⅱ. ①何… Ⅲ. ①长篇小说－中国－当代
Ⅳ. ① I247.5

中国版本图书馆 CIP 数据核字（2019）第 208322 号

棉棉许汀舟
Mianmian Xu Tingzhou
何处听雨 著

出版统筹	邹立勋
出　品	夏七夕工作室　魅丽文化
总监制	夏七夕
责任编辑	郝玮刚
特约编辑	龚　雯　吴　歌
封面设计	杨思慧
版式设计	杨思慧
封面绘制	亦良璇子
出版发行	百花洲文艺出版社
社　址	南昌市红谷滩新区世贸路 898 号博能中心 A 座 20 楼
邮　编	330038
经　销	全国新华书店
印　刷	湖南新华精品印务有限公司
开　本	880mm×1230mm　1/32　印张 9
版　次	2019 年 11 月第 1 版第 1 次印刷
字　数	261 千字
标准书号	ISBN 978-7-5500-3393-1
定　价	36.80 元

赣版权登字　05-2019-246

网址 http://www.bhzwy.com
图书若有印装错误，影响阅读，可向承印厂联系调换。

目

录

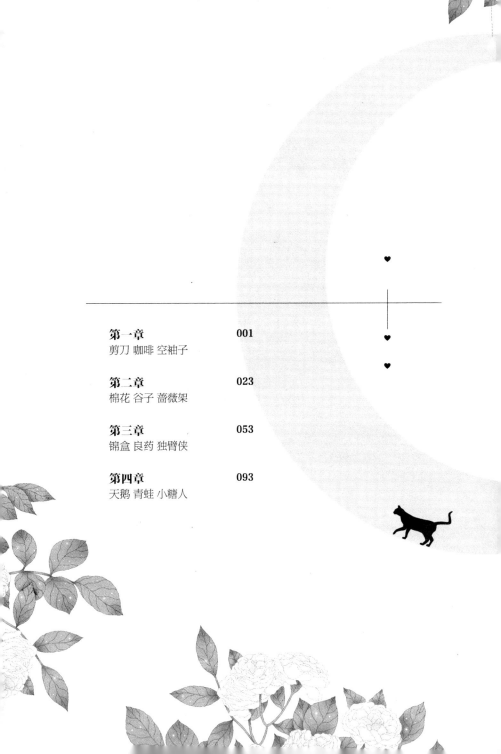

「你好，许先生，我是今天来报到的实习生林棉。」

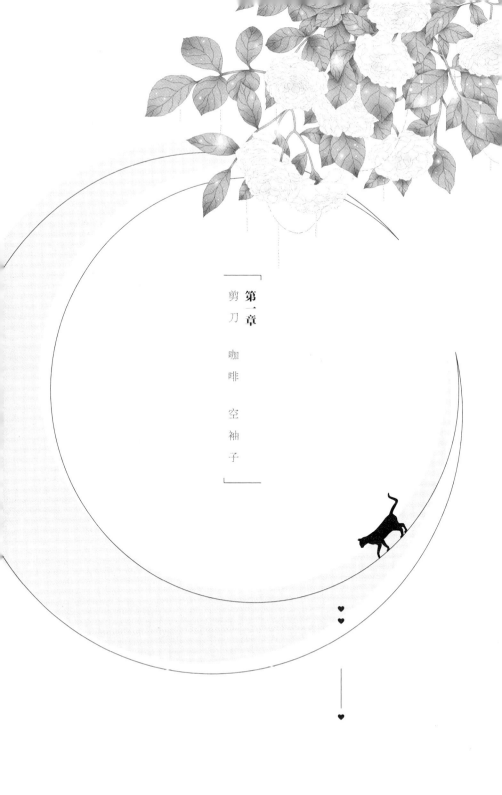

第一章

剪刀　咖啡　空袖子

"你好，许先生，我是今天来报到的实习生林棉。"

　　林棉紧张地伸出右手，坐在老板桌后的男人却明显没有要与她握手寒暄的意思。他的下巴微微抬起，深邃凌厉的目光停留在她的脸庞上，似在打量她。

　　林棉有些尴尬，又不知该不该缩回手去，她下意识地低垂了眼眸，视线恰好扫到桌上的金属铭牌，那上面镌着隶书的"许汀舟"三个字，并无职位介绍。但她知道，这个年纪轻轻的"许汀舟"就是"文心集团"的新任老总——她的老板。

　　她还没有正式从大学毕业，这是她的第一份实习工作。"文心"在校园招聘时承诺过，此次招聘的实习生，表现优异者是可以正式签约的。"文心"在本地算是知名企业，以文具工厂起家，经过多年发展，经营领域现已横跨多个行业，口碑相当不错。以林棉家里的情况，她比普通人更珍惜这样的机会，也因此在面对许汀舟的冷淡反应时，她特别心慌，生怕自己第一天上班就丢了饭碗。

　　"林小姐，我觉得有必要提醒你……"椅子上的男人终于开口，语气却并不怎么友善，"在握手这件事上，当你面对比自己身份高或者年长的人时，最好等对方先伸手，这才是合乎礼仪的。"

他的话让林棉一阵脸红，一面讪讪地放下手，一面忍不住替自己辩解道："是的，您说得对。我只是太紧张了。这是我的第一份工作，我不是太了解……"严格意义上，她倒也不是第一次打工，自进入大学后，每年暑假她都会去快餐店做小时工，只是那样的工作经历，没有教会她太多社交礼仪。

许汀舟面无表情，似乎对她的自我辩解不置可否，只简单地说了一个字："坐。"

欸，不握手了吗？

林棉心里嘀咕，嘴上当然不敢说什么，道了声谢赶紧把椅子拉开一点，坐了下来。

"你的工作职责我的秘书苏心蕴应该已经和你谈过了，你主要是做她的下手。你没有工作经验，我想目前能帮她的不多，主要是处理一些杂务，这些事情没有多少技术含量，相信你能够应对。"

呵呵！林棉心里笑了笑，脸上也露出了一个大大的笑容，只是二者含义迥然。

"我会努力的。"这句话说得倒是发自肺腑，她没有道理不努力，也没有资本不努力。

她还有小谷要养。

小谷……小谷这会儿在做什么呢？

她一时分心，直到许汀舟刻意地低咳了一声，才收回神来。

许汀舟似笑非笑地看着她，蓦地站起身，伸出手道："欢迎你加入'文心'。"

这一刻，林棉才发觉许汀舟的不同。

他朝她伸出的，是左手。

原来他是左撇子，怪不得刚才自己伸出右手时他的反应有点大。林棉倒有些不好意思了，忙伸出自己的左手，与他的左手握住。

"谢谢许先生！"

许汀舟点点头："好了，你先去楼下找总务科的Lisa领一些文具，顺便帮我也领一套过来。这么小的事，不需要麻烦苏心蕴，你直接去就好了。"

"好的，"她迟疑着问，"请问您这里缺什么文具？"

许汀舟若有所思地看着她："你看着办。"

林棉想起许汀舟刚才说的那句"这么小的事，不需要麻烦苏心蕴"，就不打算再细问了——对自己的秘书来说都算不值一提的小事，那么想必对他这个大老板来说就更不值得讨论下去了。不过是些小东西，宁可等下多领几件，有备无患，也就是了，遂不再多问，退出了许汀舟的办公室。

20分钟后，她抱着一盒新领的文具走进许汀舟的办公室。

许汀舟看着她把装在纸盒里零零散散的文具一样样摆在他的桌上，眉头轻轻皱了起来。

林棉放下空纸盒，抬头看到他眼里的神色，心里咯噔了一下。

他什么也还没说，但已经足以让她感觉到，他对她的表现不太满意。

"请问，您还需要什么吗？"她怯怯地问了一句，心里一点底都没有。

"我需要我手下的人有一点观察力。"许汀舟头也不抬地说，"而你显然缺乏。"

林棉第一天上班就受到这样直白得近乎严苛的批评，心里既委屈又慌张。她完全不知道，自己哪里做错了。

　　在这尴尬的气氛中，有人敲门，随后进来的是许汀舟的秘书苏心蕴。咖啡的香气混合着淡淡的水百合香水味，让这办公室的氛围变得舒缓了一些。她把咖啡杯放到许汀舟的左手边，微微一笑，并没有说什么。

　　许汀舟的目光顿时柔和了许多。"这时候进来，你是来替你的师妹救驾的？"他挑挑眉，神情口吻竟皆是玩笑的意味，之前呛人的语气消失殆尽。

　　林棉和苏心蕴恰好毕业于同一间大学，虽然当中隔了好几届，彼此并不认识，但也算是师姐妹。

　　"许总，我只是觉得自己有教导新人的义务。更何况，林棉今后一段时间的主要工作是与我配合，我也想和她早点磨合好。"

　　许汀舟点头："我对你们的磨合拭目以待。你带她出去工作吧。"

　　林棉跟着苏心蕴走出许汀舟的办公室。门合上的瞬间，林棉不由自主地长吁了一口气。

　　"他很有压迫感对不对？"苏心蕴拍拍她的肩膀，"其实没什么的，你主要是还没习惯与他相处。"

　　林棉真的很想任性地大喊一声：他这样真的很难习惯呀！可那样的念头只存在了半秒，便被她抛诸脑后了。想到苏心蕴刚才在许汀舟面前替自己说话，她感激道："谢谢你，苏小姐！"

　　"叫我心蕴或者Celine都可以。"苏心蕴温和地笑着说。

　　"许总怎么称呼你？不会又有什么讲究吧？"

　　苏心蕴的笑容深了一点："你倒是学乖得很快。不过你别紧张，他这人虽然霸道，还不至于规定别人要按照他的喜好来称呼其他人。"她的眼底闪过一丝柔光，轻轻接道，"他自己比较习惯叫我的中文名字'心蕴'。"

"那我叫你心蕴姐，可以吗？"

得到点头许可后，林棉问："心蕴姐，你和许总共事很多年了？"

苏心蕴"嗯"了一声："是，大学毕业后我就留在了'文心'。"

"难怪。"难怪许汀舟见到苏心蕴的态度比对她温和得多，"对了，心蕴姐，刚才许总说我没有观察力，这是为什么？"

"不服气？"苏心蕴笑了笑，"你进去的时候，他有没有和你握过手？"

"有。"

"哪只手？"

"左手。"

"然后他让你去替他领文具了，是吗？"

"是的。"

"你领了些什么？"

"许总没有指定领什么，我只是按照常规领了一些本子、笔、剪刀、美工刀……"

"你有没有和Lisa说，你是替许总领文具？"

"有什么不同吗？"林棉愣了一秒，作出恍如大悟状，"我知道了，如果我说是许总要领文具，Lisa给的东西会高级一点，对不对？"

苏心蕴笑着摇头："你稍等一下。"说着，转身又去了许汀舟的办公室。出来的时候，她的手里多了一把剪刀。

"好好看看，和你领回来的文具有什么不一样的地方。"

林棉接过剪刀琢磨起来，不多会儿她就明白了苏心蕴让她观察的目的。

这是一把特殊的剪刀：普通剪刀的刀刃是右上左下的组合，而这把剪刀，恰好相反。换言之，这是一把"左手剪刀"。

林棉的反应还不算太慢，当即领悟到了关键所在："这把刀是专门供左利手的人使用的对吗？我的确大意了。"她又道，"不过，就算我想到了这一点，也未必会去问总务科的人有没有左撇子专用的文具。"

"为什么不问？"苏心蕴问。

"因为一般公司也不一定会想到给左撇子准备文具啊！"

苏心蕴笑着摇头，语气仍然很温柔，却自有一分不容置疑的威严感："林师妹，坦白说，许总对你的评价，算不上冤枉。你的确缺乏一点观察力，而且，你还欠缺一点思考能力。你应该庆幸，当初许总没有选择亲自面试你，不然你被淘汰的可能性很高。"

林棉并不恼她这么"批评"自己，她的直觉告诉她，苏心蕴这么说是为了她好，于是便选择洗耳恭听她这位师姐的教诲。

"首先，许汀舟并不是普通的员工；其次，我们公司是以文具起家的，别的东西可能会缺，文具的种类却是最齐全的。这些你应该不难想到，不是吗？"

林棉无可反驳，只觉得对眼前这个比自己大不了几岁的苏心蕴衷心佩服。

都说"知错能改，善莫大焉"，于是她问："那心蕴姐，要不我现在重新去楼下给许总拿一套新的文具来？"

"那倒不用，我想，他只是对你进行一个小小的考验而已。事实上，除了签字笔，他也很少用其他文具。你记得下次给他领专用快干型的笔就好，普通的笔左撇子用起来很容易蹭脏手。"

所以，自己没有通过那个人的考验？

林棉感到挫败。

"你不是唯一没有通过考验的人。"苏心蕴拍拍她的肩膀，语气很轻松，似乎这种事很平常，无需太放在心上。

"许总每次都会用领文具这一招来考验人吗？"

"当然不是。"苏心蕴笑得半眯起了眼睛，似乎沉浸在一些有趣的记忆片段里，"他的花样很多，普通人应付不来的。在你之前，也有实习生被弄得比你还狼狈的。"

"那些人结果怎么样？"

"有的自动辞职了，有的被炒了鱿鱼，还有些运气好的，转正后转到其他部门去了。"

林棉嘟囔道："我猜，师姐你那么优秀，肯定是顺利通过考验了，所以才能一直留在许总身边。"

苏心蕴的笑容收了收，眼中有一丝复杂的情绪一闪而过："他没有这样考过我。"

林棉笑笑："那也许是许总用人的眼光毒辣，不需要试探，就能知道心蕴姐你是个人才呢！"

"好了，收起你的甜嘴。你也收拾收拾桌子，缺什么东西就去总务科领。需要我帮忙就告诉我。"

"好，谢谢你！"这一个早上她已经被新老板折腾得够呛，不仅自己的办公桌没有整理，连水也没有喝上一口。这会儿终于得空，她拿上水杯就去了茶水间。

苏心蕴看着林棉迈着快步几乎是冲向茶水间的身影，不觉一笑，起身敲响了许汀舟办公室的门。

"进。"

苏心蕴笑盈盈地走进来。许汀舟的办公椅是空着的。

她并不讶异，熟门熟路地走到左手边的一个房门前。

她没有叩门，只柔声问了句："汀舟，现在方便进来吗？"

房门锁被旋开，许汀舟亲自过来开了门。

苏心蕴推门不是第一次看到那样的许汀舟：微微低着头看向她，带着一丝不易察觉的疲惫；白色的衬衣解着两颗纽扣，露出两小截线条匀称的锁骨来……

"怎么？第一天认识我？"

许汀舟自嘲地笑了笑，下意识般缩了缩肩膀。空荡荡的衬衫右袖被这一小小的动作带动起来，小幅地晃了晃。

苏心蕴的睫毛轻颤，像被什么细碎的玻璃屑刺了一下，那么多年了，每每看到这样的许汀舟，她还是会暗生叹息。

"身材很好。"这并不全是客套的掩饰，除了缺失的右臂，许汀舟的身材线条很美，"需要我帮你把袖子挽起来吗？"

"也好，挽起来方便一点。"

苏心蕴将他的衬衫右袖往上折起，又仔细地打好一个结："其实今天你突然戴上美容手我还蛮意外的，你平时不都不喜欢戴的吗？"

"不是喜不喜欢的问题，是没有必要。"许汀舟示意她向办公室外间走，自己则跟在她的后面走出来。

房间里铺着厚厚的地毯，苏心蕴几乎听不到身后有任何的脚步声。

然而她知道，他走得很慢：右腿先向前跨出一小步，左腿再拖着跟上。

因为他的左腿膝盖和脚踝几乎无法自由屈伸。

20岁以后的他，就是这样走路的。

也是20岁以后，他才变成了依靠左手做事的"左撇子"。

她看着他坐回自己的办公椅，脸上悄悄收起了方才那一瞬的情绪，这时才勉强有了心情和他谈笑。

"我以为你是因为今天有新人报到，怕她一时不习惯所以才那样穿的，心里还想，这小姑娘挺有面子，以前来人也不见你这样的。"

"当然不会是为了她。"许汀舟抬眸看她，"我爸爸给我安排了相亲——今天中午。他建议我戴上那个东西，免得第一次见面就给人太大冲击。可我想了想，还是算了，突然戴上也不习惯。"

苏心蕴的上身略往前倾了倾，一只手抓住了许汀舟的桌角，轻轻地问了句："你打算结婚了？"

"我从没有说过自己是不婚主义者。"许汀舟平静地道，"既然要结婚，与其等待不知道什么时候到来的缘分，相亲反而是个比较直截了当节省时间和精力的途径。"

"很像你的回答。"苏心蕴道，"那么我猜，比起相亲的气氛，不影响你的既定安排才是你的首选，所以你选择中午而不是晚上约会，对吗？"

"晚上我的确有事。"许汀舟笑着答，眉角却带着几分微蹙，"而且，白天光线好，你不觉得比起气氛，让人能看清楚我更重要么？"

"汀舟……"苏心蕴欲言又止。

"行了，心蕴，如果我怕别人看，就不会这样出来见人。"许汀舟从椅子上起身，慢慢挪步到苏心蕴的跟前，俯下头看着她，"这个问题的讨论暂时告一段落，如果有后续，你又想听我啰唆的话，我可以找个时间说给你听。我想你进来应该不是为了跟我说这些事的吧？"

苏心蕴拢了拢头发，正色道："是，我是想跟你说，赵富刚最近又有动作……"

赵富刚是许汀舟的亲姐夫。许汀舟就一个姐姐，但他们两人的关系并不睦。

"心蕴，"他按着自己的太阳穴揉了揉，"今天不谈这个好么？今天是我姐姐的生日，我不想晚上吃饭的时候一时忍不住坏了气氛……"

"头又疼了吗？"都不消他再说什么制止的话，只要一看到他这副皱着眉揉按太阳穴的模样，她也没有心思再说任何影响他情绪的话。那一次的惨祸，让他失去了一整条手臂、半毁了他的左腿，还给他带来了不时发作的头疼病……

他拉开抽屉，动作很娴熟地拿出一板药来，用左手指甲掐开胶囊的封膜后，倒出一颗在桌上，再捏起来吞掉。

"别乱吃止疼药。"说是这么说，苏心蕴却是第一时间把水杯送到了他的唇边。

许汀舟接过杯子，喝了两口，"雷都劈不死我，几颗药丸还能要了我的命不成？"

他的口气轻飘飘的，似乎随口说一句玩笑。

苏心蕴的指尖却颤了一下，慌乱地背过身去。

"对不起，"他的语气里有真诚的歉意，"我不该提这件事，毕竟你的父亲也……"

"没什么对不起的，只是觉得没有必要提而已。"她转过身道，"我先出去工作了。"

走到门边，她忽然回过身，问："中午要我送你去吗？"

许汀舟想了一下，才说："也好，免得于叔回家乱说。"

苏心蕴笑了笑，推门而出。

一上午，林棉在苏心蕴的指导下，把一些旧年不太重要却种类繁杂的文档归类，又打印了第二天要用的会议资料，全部装订妥帖后，已经是午餐时间。

林棉的座位并不挨着苏心蕴，而是离公共办公区比较近。她起身刚准备问苏心蕴去不去吃饭，却见她背起了坤包，很明显是准备外出的样子。

她思忖了一下，还是觉得自己不要多嘴询问比较好。倒是苏心蕴主动过来和她打了个招呼："林棉，我中午要陪许总出去办点事，食堂在顶楼，刷员工卡就可以就餐。"林棉谢过了她。

"小林，一起去吃饭呗。"走到她位子边上和她打招呼的是沈乔。沈乔只比她大两三岁，是这间公司的出纳。小而圆的脸蛋很讨人喜欢，待人也是很热情。

林棉连忙答应，下意识地低头检查了一下员工卡是否挂在脖子上。

两人早上在电梯间碰到，林棉无意中发现沈乔的丝袜破了一个口，恰好之前林棉这个菜鸟搜了很多白领女性上班的仪表注意事项，其中有提到包包里要多放一条丝袜以备万一。这下自己没用上，倒是可以帮到别人了。出了电梯，她小声提醒了沈乔，把包里的备用丝袜递给了她。可能也是因此，沈乔对她第一印象极好。

财务部和许汀舟的总经办在同一楼层，刚刚林棉和沈乔又在茶水间碰到，随口聊了几句，许是因为两人都是比较外向型的个性，年龄又相仿，简短谈天过后，竟很快亲近起来。

林棉再次抬起头的时候，只听见周围有好几个人谦恭地对从对门出来的人打招呼道："许总。"

她听到那两个字就有些紧张，嘴巴更是慢了一拍，等众人的声音都落地了，那声称谓才叫出口。

甚至，还被她吃掉了一个字。

因为她实在太震惊、太震惊了！

许汀舟竟然不是她以为的"左撇子"，而是一个完全没有右臂的人。

他的右臂只保留了肩关节往下一点点，似乎还有腋窝，将衬衫的袖子压出一点褶皱，随后便是瘪塌的一段，再往后便是一个打好的布结。

往后的几分钟里她的大脑几乎是空白的，甚至没有注意到许汀舟是否也和大家打了招呼，整个脑海里只有那个人给她下的严厉评语。现在这一刻，她不得不承认：无论是许汀舟还是苏心蕴都没有说错，自己的观察力真的很有问题！

然后，当她发现许汀舟蹒跚的步态后，她感觉自己再一次受到了强烈冲击。

"你不知道？"等许汀舟和苏心蕴走远后，沈乔挽住林棉，凑在她耳边，用一种很惊疑的口吻小声道。

林棉好不容易回过神来："你是指……许总的手和腿？"

"很可惜吧？真是天妒蓝颜！"沈乔把声音压得更低了几分，"不过，他这样的男人，无论是健全还是残缺，都只适合远观。"

林棉的脑子不够转了，只能边跟着沈乔往电梯走，边静静地听她分析。

"如果他是健全的，那么对这世界上99%的女人来说，都是可望而不可即的存在。可如果是现在这样的他，对这世上的多数女人来说，非但'可望而不可即'这一点没有改变，更糟糕的是，等到能够企及的那天，又该换她们自己放不下某些顾虑了。"

林棉没能完全听懂，但也并非完全不明白沈乔所指的顾虑。

"你这么八卦老板，不怕我卖了你？"林棉逗了逗沈乔。

"我不怕。"沈乔耸耸肩，"因为我和他有'特殊关系'。"

"啊？""叮"的一声，电梯在林棉身前打开，而她却被沈乔的话惊得愣住不动了。

"瞧你吓的。"沈乔拉她进了电梯，直到电梯门在抵达顶楼后打开，里面出来的人走散了后，她才乐呵呵地继续说道，"想歪了吧？我呀，真不担心你告发我什么，即使你说了，他也不会把我怎么样，因为他这个人分得清好歹。我的话虽然不中听，却是很实在的。而且，他最好的朋友，是我的未婚夫，我认识许汀舟的年头，大概和苏心蕴差不多长。"

"苏心蕴什么时候认识许总的？"沈乔的话信息量很大，林棉还来不及一一消化，只顾得上凭直觉问了这一句。

"应该是他出意外受伤以后。"沈乔道，"大约是他20岁出头的时候。"

"什么样的意外？"

沈乔的眼中闪过一丝怜惜的情绪："雷击。"

车子从闹市区拐进一条林阴小道。这条街虽然仍处于闹市区，却不见熙攘，以居民楼为主。许汀舟让苏心蕴在一个名叫"芳华里"的老式连排洋房小区门口停了车。红砖牌楼下的铁门敞开了半扇，通向几排深深的巷道，左右一水儿清水红砖的公寓楼。

苏心蕴将车子熄火后诧异道："你和人约的这里？"

许汀舟道，"公司附近的餐厅不太方便，恰好不久前和朋友在这里的一家私房菜馆吃过饭，味道出奇好，地方又清净，我就干脆订的这里。"他望向她，淡淡地又道，"下次有机会我可以带你来试试。你别看这里环境简陋，挡不住口碑在外，还蛮难约的。"

苏心蕴挂着一丝笑意道："没想到你还挺上心的嘛！"

许汀舟仍旧一副淡淡的口吻："对谁？"

他的眼睛里有一瞬的光芒微露，苏心蕴却迅速躲开了。

他的鼻腔里轻轻舒了一口气，喉结滚动了一下："你觉得我应该去吗？"

"去哪儿？"苏心蕴低低地追问了一句。

许汀舟略侧过身，左手把住了车门把手，却没有立即推开车门。他似乎斟酌了一下才开口："你明知道……"

苏心蕴的心剧烈地跳动了起来，她甚至觉得自己已经伸手阻拦住了身边的这个男人。可是她没有，她最终还是定定地坐在驾驶座上，看着他朝着巷子深处走远。

一步接着一步，右腿拖着左腿。

右边的衣袖随着他的脚步晃动得很忧伤。

她别过眼去，眼泪无声流下。

午休过后，林棉再次见到许汀舟的时候，忍不住多看了他几眼。她这时才看清楚这个男人几分：他长得不难看，也并不是凶神恶煞的样子，他的眼睛很清澈，鼻梁很挺，嘴唇不厚也不薄，头发和眉毛都很浓密，衬衫的领口露出很漂亮的锁骨，胸膛宽阔，小腹平坦。他有着挺拔的身材，如果不是缺失了一条手臂，几乎可以说这副肉体是美好的。林棉有点明白沈乔所言的"可望而不可即"的意思了。

看着他走进自己的办公室时的背影，林棉不由蹙起了眉。

那个人，也很不容易吧！。

"那个时候他在上大学，暑假的时候，他爸爸带他去高尔夫球场练球。谁知道，就这么不巧，遇上了雷雨天。雨还没下来，闪电把他给击中了。当时我未婚夫也在场，许汀舟被抢救了好几天才救回来。那种情况底下，首要的是确保性命，然后才能考虑其他。他的右臂当时就保不住了，左腿是好不容易才保下来的。那个时候，我和汪豫——哦，就是我未婚夫，不知道哭掉了多少眼泪。大家都是认识多年的好朋友，汪豫更是他从小玩到大的兄弟，他没醒的时候，我们哭，他醒了，我们跟着他一起哭……"

许汀舟受伤的经历让林棉也快听哭了。可是她忍不住问沈乔，为什么要把这些私事告诉她一个初来乍到的实习生。

对此，沈乔的回答让她大跌眼镜："不好意思哦，我前几天找许汀舟签字的时候，正好汪豫在把你们这批实习生的资料给他看。可能是因为私下里太熟了，他们谈话的时候没有避讳我，我也就听了几句。听说你在大一的时候领养了一个弃婴，我当时就觉得，你一定是个特别有爱心的好姑娘。"

沈乔说到这里的时候，林棉才反应过来，汪豫好像是"文心"的HR总监。

关于收养弃婴这件事……林棉苦笑，她也不知道自己算是有爱心还是没有头脑。

但是有一点林棉觉得很奇怪，当即问沈乔："可我填资料的时候，并没有说明我的孩子是我收养的啊！"

"我们公司是在你们校园做的招聘，你们学校的老师还挺负责的，跟HR交流过你的情况。汪豫私下里和我说，只要你的各方面条件不比别的候选人差，他是一定会优先录用你的。"沈乔接下来的这一句让林棉更是惊讶，"许汀舟也赞同他的意见，说你比起其他人更需要这份工作，也比其他人更值得拥有一份好工作。"

许汀舟？这样感性的话语，是那个看上去冷冰冰的、公事公办脸的许汀舟说的吗？

沈乔还说："早上你从他办公室出来后，你和苏心蕴的对话我听到了一些。我知道你初来乍到，对于许汀舟的脾性还不太习惯。我不想你因为许汀舟的待人处事方式对他这个人存有误解。他不擅长表现得和蔼可亲，但他其实不像他的外表那样没有人情味。你值得得到这份工作，而他也值得你更用心地为他工作。你这个职位虽然不高，却是有留任机会的，这意味着你今后可能会长期与他正面打交道。他在公司表面风光无限，其实撑得很不容易，方方面面的压力都很大，以前有苏心蕴从旁协助他，以后又多了一个你。你不要小看自己，许汀舟身边的员工，应该都是不容小觑的。"

许汀舟应该是个好人吧？林棉想。否则，不会有人如此用心地维护着他的形象、在乎他的感受。看得出来，苏心蕴和沈乔对待许汀舟的关心已经远远超出了普通上下级的关系。

林棉望着那扇紧闭的房门发呆了一会儿，直到桌上的电话响起，她才回过神来，慌忙接起电话。

"给我一杯咖啡，谢谢！"

许汀舟的声音隔着电话听来更加具有磁性，礼貌而又疏离。林棉莫名地心跳加速，也不知是由于刚才的几分钟里脑子里转的都是这个人的事，突然接到电话有点"心虚"，还是因为早上许汀舟的态度让她"心有余悸"。她立即调整好心情和语气，回复道，"好的，许总。"想了想，终究还是问了出来，"不好意思，我还不晓得您喝咖啡的口味，糖和奶都要吗？"

许汀舟说："提神而已，黑咖啡就好，要浓一点的。"

"好的。"她没有耽搁，立即起身去了茶水间。

林棉将泡好的咖啡杯放到了许汀舟的左手边，还有一小碟装好的苏打饼干。

他看了她一眼："谢谢！"

"咖啡我按照您说的，泡得很浓。不过，"林棉顿了顿，还是鼓起勇气说了出来，"我见您早上已经喝了一杯咖啡了，这样浓的咖啡单喝很伤胃，因此我还给您拿了点苏打饼干。"

许汀舟似笑非笑地盯着她的眼睛："半天不见，简直判若两人。可会不会太刻意了一点？"

"刻意什么？"林棉一时没压住性子，声音不由高了八度，"您的意思是，我在刻意讨好您吗？"

"讨好自己的老板并不算什么丢人的事，你的反应不用那么大。"

林棉不说话了，视线却没有挪开，反而越发迎上他的眼。

"你想说什么？"许汀舟挑眉道。

林棉一咬牙："我没有在讨好您，我只是在学习做一个合格的下属。您早上对我的评价我都接受，而接受的最佳态度，我认为是立即更正自己的错误、补全自己的不足。所以，我试着站在您的角度来看待您的需求。——仅此而已。如果我讨好了您，那也只是凑巧。"

他不言不语地看了她几乎有一分钟。她看不出他心底的情绪，便有些暗悔自己的冲动。但为了防止自己越描越黑激怒于他，她选择了保持沉默。

蓦地他微笑起来，眉目狭长，神情舒展："很'凑巧'——你讨好到了我，谢谢你的咖啡和饼干！"

林棉再三确认他的神情，发现他的话似乎是真心的。

"如果之前或以后我有什么说得不妥或做得不妥的地方，你也大可以直接告诉我。我这个人缺点不少，脾气尤坏，但并非不通情理。其实我想了想早上的事，你固然表现得有缺憾，我却也对你苛责了些。毕竟，你对我的情况并不了解，没有想到一些细节也是正常的。"仿佛下意识般，他侧低下头看了看自己的右肩，"早上你到我办公室时，因为我戴了义肢，你可能压根没有发现我的残缺，所以你之后的表现，也不能全怪你粗心。"

他的语气平和、真诚，让林棉意外而感动。特别是他提到自己"残缺"这两个字的时候，她觉得自己的心被小针勾了一下。"许总，即便如此，在您和我握手的那刻，我也应该知道，您惯用的是左手。说到底，还是我自己欠考虑。"

许汀舟端起咖啡，呷了一口："也许日后你还会失误，还会为你的'欠考虑'遭我批评，可我不得不说，你泡的咖啡不错。"

"许总，这是您第一次夸我欸！"林棉笑得好开心。

"并不会因为你咖啡泡得好给你加薪。"许汀舟一本正经脸。

"嘻嘻嘻。"林棉笑得更欢了。

"也不会仅仅因为这点就把你转正。"

"哦。"林棉依然堆着笑。

"可是会给你的考核加一点点分。"他的语气依然认真，唇角却微微翘起。

林棉呆住了，她发现，那个给人第一印象酷酷的许汀舟，竟然有一双带笑的眼睛。

——明亮、清透，没有任何防备，仿佛藏不住任何心事。

『放心吧，你这辈子都不会和我绝交的，我可能有很多缺点，但从来不是个随随便便的人。』

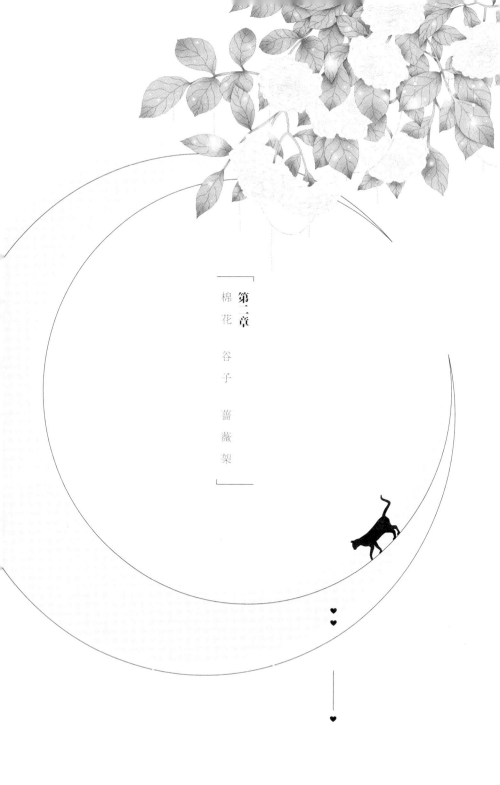

第一章

棉花　谷子　薔薇架

林棉回到家的时候，林妈妈正在哄小谷吃饭。小谷一见林棉回来了，饭也无心吃了，直嚷嚷着要妈妈抱抱。

　　林棉见孩子这样，来不及放下包就跨步上前去把小谷抱了起来，亲了好几口。林妈妈在一旁嗔怪道："原本吃得好好的，你一来，饭也不晓得吃了。你也不知道先去洗个手换身衣服再来！"

　　林棉乖巧地应了声"哦"，放下小谷去了洗手间。

　　林妈妈在外间嘟囔："瞧瞧，自己还是个孩子脾性，领个孩子回来当是玩儿呢，当妈哪有那么简单？你以为是你早晚两遍逗个乐就能把孩子拉扯大的？"

　　林棉在洗手间里听到了，也不敢回嘴。她这个妈妈虽然啰唆，说话却不无道理。当年自己不过出于热心在火车站前替人看了会儿孩子，谁想那个妇人竟然是有心一去不复返。林棉一时心软，就暂时把孩子接回了家，想着万一哪天孩子的亲生父母回来找。起先林棉还担心这孩子是不是有什么先天疾病所以才被遗弃，所幸孩子很健康，大约只是因为父母有什么苦衷抑或仅仅因为她是个女孩儿被舍弃了。

　　林棉最初求母亲帮忙收养小谷的时候，林妈妈是反对的。林棉的父亲早逝，母亲也只是物业管理公司的小职员，家境一般。更何况，林棉那时候还在上学，没有人能照顾小谷。可这件事林棉却仿佛是铁了心的。其实，林棉也知道，母亲与这孩子朝夕相处，嘴上虽硬，心里毕竟舍不得。总而言之，最后，孩子留在了林家，"小谷"这个名字还是林妈妈给起的，林棉对此笑说，"这下好了，棉花谷子都有了，吃饱穿暖齐全了。"

林棉回到饭厅里，见桌上已经为她摆好碗筷，她知道当妈的只是嘴硬，心里还是疼她的，忍不住撒娇道："妈，你辛苦啦！我这也是没办法，麻烦你照顾了小谷这么多年。双休日我哪儿也不去，就在家带孩子。"

林妈妈不满道："天天不是上班就是在家，哪天才能嫁出去？"

这个话题一旦展开，便难以短暂结束。林棉只敢往嘴里扒饭，不敢接话。

林妈妈果然没有转换话题的意思，继续道："我现在也退休了，帮你带带小谷也没什么，你还是得多出去看看，别耽搁了自己的终身大事。咱家这情况，你眼界别太高了。要是遇到合适的人，人家又有顾虑，你就把话撂给他，你将来结婚，小谷可以放在我这里养，我还不算老，养到小谷18岁都不成问题，这孩子不碍着你们的生活。只要你好……"

"妈！"林棉忍不住打断她，"别说啦，小谷还在呢，小孩子听到这种话不好。"

林妈妈叹了口气，爱怜地望了眼身边的小人儿，不说话了。

许汀舟的车子缓缓开到许宅的大铁门口，大门很快被敞开，车子缓缓开了进去。

已经多少天没回到这里了？

许汀舟走下车，望着泊车位旁边的一架蔷薇，有些恍惚。他记得上一次回家的时候，还热热闹闹开满了蔷薇，如今却都谢了。他平时单独住在公司附近的一栋酒店式公寓里，难得回家，许家大宅则是姐姐姐夫一家和父亲许远山同住。赵富刚是许家入赘的女婿，和许汀兰结婚已经8年，两人育有一子，孩子今年刚上小学。许父曾劝说许汀舟回家里住，终究拗不过他。加之许远山也知晓他们姐弟俩之间的芥蒂，便也就不多勉强他搬回家住了。

"汀舟来了。"许汀舟望着蔷薇架上随风而动的叶片愣神，直到有人从背后招呼他，他才晃过神来。

"富刚。"许汀舟向来对赵富刚直呼其名，"你们久等了吧？"他寒暄着，话里显然没有多少温度。

"没有，你是大忙人，等这一会儿算什么？"赵富刚倒显得很热络地拍拍他的右肩膀。许汀舟右边折起的袖管随着赵富刚的动作晃了晃。许汀舟蹙了蹙眉，微微躲了一下。

赵富刚讪讪地假笑了几分，垂下手道："一起进去吧，开饭了。"

"姐，生日快乐！"让一旁的于叔递过准备的礼盒，交给许汀兰。

许汀兰敷衍地应了句"谢谢"，让赵富刚接过礼物，收放一边。

"还挺沉的！"赵富刚堆着笑把礼盒放到茶几上，冲着许汀兰挤眉弄眼，"汀兰，弟弟的一片心意，你不打开看看？"

许汀兰道："一个人的心意不是光用看就能看得清的，你说是不是，汀舟？"

不待许汀舟接话，只听父亲许远山干咳了一声，从沙发上起身走过来，"好了，你们干站着说这半天话不嫌累啊？快过来坐下吃饭吧。"

许汀兰哼了一口气，道："呵呵，爸爸果然心疼儿子。我们其他人站久了倒没什么，汀舟毕竟腿不好，怕是站不动了。"

许远山脸上的表情是在强行克制着即将发怒的情绪，许汀舟则一言不发地走向餐桌。

"汀兰,我希望一家人能开开心心地为你庆生,你也要适可而止。"许远山压低了声音对自己的女儿道,"别忘了,他是你亲弟弟。"

"我有说错什么吗?"许汀兰不顾丈夫在一旁打眼色,红了眼嘶吼道,"什么时候,在这个家里,我连说句实话的资格都没有了?"

"姐,"许汀舟扶着餐桌的桌角,沉着声说,"如果你那么不欢迎我回来,我也可以不回来。"

"你哪里也不准去!"许远山高声嚷道,"这里是你的家,谁也没有资格让你走!"

许汀兰冷笑一声:"汀舟,你可以想走就走,想留就留,爸爸永远会给你最大的自由选择度!你以前痴迷于绘画、雕塑、琉璃,爸爸就认为你是个天才艺术家,给你请最好的老师,也不逼迫你继承家业;后来你出了事,做天才艺术家是没希望了,爸爸又迫不及待地想把家业转交到你的手上!真好啊,你总有路可走!可我呢?在你开开心心做你喜欢的事的时候,我却放弃了自己的绘画梦想,去学商科;许家的家业不能交给外人,所以我只能找一个愿意入赘的丈夫!看,我多么听话,我应该是个好女儿、好姐姐吧?我原本就已经抱着这一生是为了成全你而活的觉悟。可是,我得到了什么?爸爸只看得到你丢掉的一条胳膊半条腿,却看不到我的牺牲,又或者是看到了也根本不在乎!"

"汀兰!"许远山望着自己的女儿,眼神痛苦,"你埋怨我,可以,但是,能不能别再迁怒你的弟弟?他也不想发生那场意外,我们谁都不想!如果没有那场意外……"

许汀舟动了动嘴唇,刚预备说什么,突然看到自己的姐姐的儿子在客厅一角怯怯与懵懂的眼神，便对一旁的保姆道："金阿姨，麻烦你把童童带到卧室去。"等保姆将童童带走后才道："很不凑巧，意外已经发生了，爸爸。我知道，一个少了一条胳膊又瘸了一条腿的人在社会上立足有多难！所以你给我辟了条捷径，让你的残废儿子可以毫不费力地一步登天，不必在社会上摸爬滚打遭人冷眼相看。而我，也接受了这份好意，因为变成残废以后，我自己也不知道自己还能做些什么、想做些什么。姐，其实你说得对，我本不是唯一有资格继承家业的人。"许汀舟瞥向许汀兰夫妇，"可是，抱歉，赵富刚不行！"

赵富刚的嘴角抽了一下，脸上的尴尬和愤怒掩藏不住，"汀舟，你这话说得过分，我为许氏劳心劳力工作了这么多年总不会一点……"

"你是想说你有功劳还是苦劳？"许汀舟冷冷地哼了一声，"也许头两年你确实还算尽力，可是最近这几年，我想，公司没有你会运转得更好。"

"汀兰，你看看你弟弟……"赵富刚转而找自己的太太当后援，却只收到许汀兰鄙夷的一瞥。

随后她对着许汀舟冷哼了一声，道："你们觉得富刚贪婪却无能，可是在你们口中如此不堪的货色，当初全家可没人反对我嫁给他，反而是很开心能有人愿意入赘我们许家呢！"许汀兰红着眼，带着讽刺的语气道："爸，赵富刚再不济，他也是你女儿的丈夫，你孙子的父亲！"

"所以他就可以利用你说的这点在公司为所欲为？"许远山问，"我现在虽然是半退休的人，但有些装神弄鬼的事瞒不过我，我不说，是念在我们终究是一家人，也是我内心对你这个女儿的确有愧。可你不该一味纵容你的丈夫，他的胃口太大，我们许家满足不了。"

"如果是我要呢？"许汀兰目光炯炯，凝视着自己的父亲，"在你心里，始终把汀舟放在第一位，他要东西，就叫做理所当然，而其他人若想染指，就成了不知足的贪心鬼了！我不是为了赵富刚争，我是为了我自己鸣不平！难道我没有这个资格吗？就算我没有，童童总有吧？他可是姓许，是你的嫡亲孙子！"

"童童是我的孙子，可我的孙子不会只有童童一个。"许远山道，"在我能力范围内，我会给每个儿孙安排宽裕的生活，但至于其他，现在谈还为时过早。每一个人的天赋秉性都不相同，经营好许氏的企业可不是只要姓许就可以做到的。"

"说得真好听，还不是指望汀舟给你添个名正言顺的孙子？别怪我没提醒你，就汀舟现在这情况，自身条件好的姑娘也不好找，你以为随随便便找个女人结婚，能生养出什么好孩子？你现在看不上赵富刚，将来还指不定有多瞧不上你的儿媳妇呢！"

"姐，"许汀舟赶在父亲发怒之前发了声，望着几尺之外的许汀兰，声调低哑而克制地道，"你似乎忘了，我是你亲弟弟。"

许汀兰目光闪烁，唇瓣翕动。

"还是你觉得，一个残废人不配有你这样的姐姐，就如你所说的，我的条件已经不允许拥有一个好姑娘的垂青？"许汀舟冷静地问，"其实，你不用提醒我，我也知道……"

许汀兰闷声一哼，转身跑出大门，赵富刚跟着追了出去。庭院里传出汽车发动的声音。

许汀舟缓行到沙发边上，坐了下来。

松开紧握的左手，他凝视着掌心被指甲掐出的印痕，尖锐的痛感自手心直直地传递到了心脏，让他说不出话来。

"汀舟，别理你姐姐那些胡话。"许远山坐到了沙发扶手上，伸手拢了拢他的右肩。

他本能般躲了躲。他感觉得到父亲温暖的手掌贴在了自己的身体上，可是，那儿只留下了一小截残臂，他不知道父亲摸着那一小团骨肉时是什么样的感觉，他只是很想躲开，他不喜欢任何人碰触到他身体上最丑陋的那部分，即便对方是他的至亲。

许远山仿佛知道他的心思，将手移开了："你姐姐她恨我。你们的关系变成这样，主要还是我的责任。汀舟，我承认，我对你是有偏心的。可她不相信，她这个女儿在我心里也有很重的分量。正因如此，我才能容忍她和赵富刚的那些作为。我记得，小时候你们姐弟的感情并不是这样糟糕，直到现在，我也相信她不会真的不顾念你们的手足情。看在我的面子上，也看在你们的血缘情分上，你可不可以原谅她的口不择言？"

"爸，"许汀舟道，"说到底，我有什么资格提原谅谁？某种意义上，姐姐说得没有错，是我的存在夺走了她的许多东西。如果她能原谅我，体谅你，我会很高兴的。"他站起身，望着父亲又道，"如果可能的话，我希望您能答应我一件事。"

"你说。"

"不要理所当然的把我作为公司的继承人。"许汀舟道，"我不能做雕塑了，不能成为一流的艺术家了，但这不是我可以成为一个一流商人的理由。也许我受伤那时候，我的确不知道自己往后还能做什么，所以，我才会不假思索地接受了你的安排，接管公司的业务。但是现在，我想，那并不是一种必然的选择，于我、于公司都不是。"

　　"我何尝不知道你说得有道理，可是，我只有你和汀兰两个孩子，说实话，汀兰也不是做生意的材料啊！"许远山沉吟道，"你们很像你们的母亲，一样那么有艺术细胞。"许远山的太太早年去世，生前是一个小有名气的画家。

　　"我想，我们有时间让公司转型成功，让所有权和经营权分离，也许有一天，我和姐姐都能过上自己真正想要的生活。只是希望，你能答应我这一请求，毕竟，公司是你一生的心血，没有你的同意，我……"

　　"我同意。"许远山道。

　　许汀舟的脸上露出惊喜："爸爸，你答应了？"

　　"在我的有生之年，我希望看到你和你的姐姐和好。但是，为了许氏的长远打算，有些恶人你我必须得做，我想以后，你姐姐会明白这份苦心。"

　　"我会处理好的。"

　　"对了，那天你见的秦叔叔介绍的姑娘怎么样？"

　　许汀舟道："才只见了一次，不好说。"

　　"有没有约下次见面？"

　　"约了。"

　　"好，这就好。"

　　许远山没有继续多问。

　　许汀舟没有说谎，他的确和那个叫戚巧玲的女孩子约了再次见面的时间。那个女孩是曾给许远山开过车的一个退休司机的侄女，说起来模样不算差，又是在医院做护士，以多数人客观的眼光看，算是很"适合"许汀舟那一类的对象了。

客观衡量的意思是：许汀舟，男，28岁，大型家族企业继承人，外形英俊，可惜身有残疾；戚巧玲，女，24岁，普通工人家庭的女儿，护士，容貌中上，母亲有需要长期治疗和需要支付大量医疗费用的慢性病，经济捉襟见肘。

　　对于这样"般配"的一桩相亲，许汀舟的挚友汪豫和沈乔却不看好。几天后的一次饭后小酌时，汪豫甚至直言不讳地对好友说：

　　"汀舟，你就看不出这种安排有问题？"

　　"有什么问题？"许汀舟笑了笑，晃动着杯中的液体道，"我觉得，人家姑娘没觉得和我继续下去有什么问题，就已经很不错了。"

　　"你脑袋里到底在想什么？"汪豫很不满意他的反应。

　　"你真不明白我在想什么吗？"许汀舟放下酒杯，"我是说，我的条件，还没有到可以随便挑剔别人的程度。"

　　"混蛋！不就是一条手臂吗？"汪豫可能是喝多了，有些口不择言起来，抓住一旁的未婚妻沈乔的胳膊摇了摇，道，"欸，你说，要是我丢了一条胳膊，你还要我吗？"

　　沈乔甩开他，假意生气道："你发什么神经？"

　　"靠，女人难道都那么现实！"汪豫打了个酒嗝。

　　沈乔没法和一个醉酒的人较劲，又要顾及身边许汀舟的感受，忙好声好气又无可奈何地安抚道："好好好，汪大少爷，你变成什么样我都要你，行了吗？"

　　汪豫显然满意了，扑到沈乔怀里，边点头边哼唧了两声。

　　许汀舟笑笑地看着这一对活宝："汪豫，你今天这样子，可别被公司里其他人看到，我怕你威严扫地。"

沈乔把汪豫小心架放下来，任其歪倒在沙发一边休憩，随后转过身来对许汀舟道："汀舟，其实汪豫的醉话也不是完全没道理。你自己可想好了？"

  "我想好了，"许汀舟认真地说，"我不可能不结婚，而且，坦率地说，我不只是为了顺从我爸爸的安排，我自己可能也想成个家。而现在，正好有一个女孩子愿意尝试和我交往，她长得不难看、性格不讨厌、职业也不错，最重要的是，她不嫌弃我残疾，我想，这就足够好了。"

  沈乔没有马上回应他，支着手，握成一个拳放在嘴唇上，低头发了一会儿呆。最后，才像下定决心似的低声问道："那么，你打算拿苏心蕴怎么办？"

  "我和她不是那种关系。"他把头偏向一边，呷了口酒。

  "我知道你们不是，可是，难道你不曾想过……"

  "这不是一个人能决定的事。"他冷静地说，"我想，我和她都明白彼此的想法，也因为太明白，所以不可能。"

  "苏心蕴不像是个浅薄势利的女孩子。"

  许汀舟淡淡一笑："反正汪豫现在睡得人事不省，你倒说说，汪豫要真和我似的丢了条胳膊，你还要他吗？"

  沈乔露出认真思考的表情，最终点头道："我还是会嫁给他。"

  "瞧，你们已经交往了好几年，又有了婚约，在面对这样假设性的问题时你尚且会犹豫，所以，我更不能指望一个从来没有和我开始过恋人关系的女孩，义无反顾地爱上我、接受我，她们抗拒与我发生亲密关系是一种本能。"

  沈乔咬了咬唇，一副不甘心又没奈何的神情。

  "我大概是做商人久了，也变得务实起来。就像一场谈判如果得不到最期待的结果，能保留底线也算可以接受。"

"你的底线是什么？"沈乔问，"像你最新的那个相亲对象似的？"

他的语气让人辨别不出真假："也许我还可以把尺度放得更低一点。"

汪豫不知什么时候醒了，口齿不清地嚷了一句："许汀舟你要是敢随随便便找个女的让我叫她嫂子我就和你绝交！"

许汀舟朝汪豫身旁挪近了些，放松了身体，往沙发背里靠了靠，笑了："放心吧，你这辈子都不会和我绝交的，因为我可能有很多缺点，但从来不是个随随便便的人。"

寻常的工作日。

眼看时间又近中午12点，林棉起身，准备招呼要好的同事一起去食堂吃饭。她虽来的时间不长，但人缘还不错。不止直系上司苏心蕴对她提点有加，财务部的沈乔对她一见如故，其他与她打交道的同事也都对她很好，每次在食堂吃饭都热络地坐了一桌。

不过，她还从来没在食堂遇到过许汀舟。

来"文心"这一个礼拜里，她倒是应他的要求替他订过两次外卖。其余几餐，他或者出去吃了，或者压根没吃。

她也曾在过了饭点又不见他走出办公室的时候想好意提醒他注意用餐，可终究还是克制住了"管闲事"的念头。在她心中，许汀舟不是个容易接近的人。虽然她已经不像刚来的时候那么惧怕与他相处，但他仍然不是一个她可以轻易侵犯"领地"的人。他有他的生活习惯，对与不对，她还没有指摘的资格。

所以，当林棉今天吃饭吃到一半，看到许汀舟出现在食堂的时候，她有些惊讶，下意识地看向苏心蕴。

"许总平时也会来员工餐厅吃午饭吗？"她忍不住问。

苏心蕴道："会啊！"

"那……需要我去帮忙吗？"她并不是在客套，而是看到他身体不便的样子，真心觉得他需要一个帮手。

"那倒不用。"苏心蕴平静地说，"打菜的师傅会帮他把饭菜送到他的座位上。"她笑了笑，"对于食物，他不怎么挑剔，基本上打什么他吃什么。"

林棉其实不太理解，以他在公司的职位，再加上又行动不便，完全没有必要来挤食堂，莫非为了和员工打成一片？体现自己不搞特殊化？——哦，怎么看他也不像在乎这些名头的人。

但无论如何，许汀舟的确来了食堂，也正如苏心蕴所言，当他落座后，很快有人把餐盘送上，他侧过身，向对方点头微微一笑，左手拿起了筷子。

他穿着一件薄西装，挺括的料子仍然撑不起右边的袖管。随着他每一次低头吃饭，原本安静地垂在右侧的袖管也跟着被微微牵动，显得原本应该是手臂的地方更加空空荡荡。

所有人都在安静地吃饭，林棉也很安静：她在安静地注视那独坐残缺的背影。

坐在她一侧的沈乔先发现了她的异样，推了推她的胳膊，小声说："你干吗？"

"嗯？"林棉晃过神，"我在看许总。"

听到她这么直白的回答，不止沈乔傻眼，桌上的其他人也意味复杂地朝她看了一眼。

她却像完全没有意识到这个回答有多不妥一样，带着几分崇拜道："我觉得他好勇敢，看他那么努力的样子，就突然好想为他好好工作！"

所有人都当场石化了。

漫长的两秒钟后，苏心蕴放下筷子，抿了抿嘴："我想，许总听到自己成为手下员工的励志对象，大概会高兴的。"

林棉这时候才感觉刚才自己的反应有些不妙，忙补救道："心蕴姐，你饶了我吧，可别出卖我哦，我会死无全尸的！"说着，抬手做了个抹脖子的动作。

"我不是个爱传话的人。"苏心蕴说得很轻，表情却是严肃的。"你们慢慢吃，我先回去工作了。"说着端起用完的餐盘。

苏心蕴走后，其他人也陆陆续续起身离开食堂，只剩下沈乔还陪着林棉。

"沈乔，我是不是个白痴啊！"林棉懊悔地嘟囔道，"我真的没有恶意的。"

"我知道。"沈乔一边叹气一边笑道，"我知道你没有恶意，也知道你刚才真的好傻哦！"

"连你也笑我白痴……"

"不过，我倒是觉得你也蛮直率大胆的。"沈乔说，"你这个人，很对我胃口。"

林棉夸张地做出抱臂害怕状，抬下巴指指餐厅另一头和本部门员工坐在一起用餐的HR经理汪豫道："对你胃口的在那边呢！"

沈乔拍了她一下，嘻嘻笑道："好了，不开玩笑，其实，你也没说许汀舟什么坏话，不用心虚。"

"可是，我看苏心蕴好像不太高兴啊！"林棉总觉得苏心蕴刚才的表情和平时相比有些冷淡。

沈乔愣了愣，说："没事的，她……你就当她是'忠心护主'吧。"

"你这词是不是用得不太对？"林棉不自觉地脱口问道。

"嘿，你是想给我上语文课啊？"沈乔斜了她一眼，"反正呢，你没有恶意，苏心蕴也没有恶意，你们两个都是许boss的崇拜者。"

"可我不是啊！"

"不是吗？"沈乔点点头，轻笑了一下，发出个短促的"哦"。

林棉脑袋有点晕，"算了，我还是回去好好工作吧。"她觉得以自己平庸的智商，还是不要想东想西了。以有限的精力投入眼下的这份工作中，好好表现、争取留任才是正经事。

她收起胡思乱想，和沈乔一同起身放好餐盘。

往回走的时候，她看到许汀舟放下了筷子，似乎朝餐盘边的橘子瞄了一眼。

林棉不自觉地开始酝酿微笑，以便许汀舟万一恰好抬头看到她走过来，她能给出一个合适的笑容。

可是她没想到，许汀舟开口叫住了她："林棉。"

"啊？"她没有心理准备，突然被老板叫住有些心慌。

"我不吃橘子，你拿去吃吧。"

林棉本来想客套几句，但她忽然心里一动，伸手把橘子接了过来："谢谢许总！"

许汀舟一推开自己办公间的门，便闻到一股很清新的橘子香味。

那不是苏心蕴常用的柑橘香型的香氛模拟的气息，而是真真实实的橘子味道。

他挪到自己的办公桌前，果然看见桌上的白瓷碟里盛着剥好的橘瓣。

他扶着桌子缓缓坐下来，几乎是陷进了那张真皮椅子里。一上午那些已经经过证实的坏消息让他的眉头几乎没有舒展过，可是这一刻，也不知是否因为这橘子带着些许辛烈提神的香气，竟然让他的心变得放松了一点。

他拿起一瓣橘送入口中，橘子很甜，带着一点点恰到好处的酸味。

他坐直身，左手放到鼠标上，点开Lync里林棉的对话窗口。

他的手指停了一下，最终只打了两个字：

谢谢！

林棉点开亮起的对话框，看到许汀舟的留言，赶紧回道：

不客气。

她等了几秒钟，见那一头没有了回应，便关掉了对话框。

她刚才剥完橘子之后还犹豫了一下，到底要不要把橘子端进许汀舟的办公室。她当然是出于好意，可是，这份好意会不会反而刺激到对方的伤口，她不得而知。

她最终还是在他桌上留下了水果碟。只因为她相信，一个可以坦然暴露残缺身体在自己员工的众目睽睽之下吃饭的老板，并不会那么钻牛角尖。然而，她也能理解他有他的自尊心，因此没有对她坦承是因为自己不方便剥皮所以才不吃橘子。而且她分明还记得几天前替他点过楼下咖啡馆里的橙香热巧克力。想来，他应该很喜欢柑橘类水果的味道。

很奇怪，明明给许汀舟工作也没多久，她却觉得自己的观察能力变得强大了许多。

她正预备打开文档继续工作，蓦然发现电脑桌面上的Lync有新的对话框提示闪了一下。

竟然是许汀舟发来的。

——吃了个橘子，居然上瘾。

她没忍住，笑出声来。幸好声音不大，而且办公室里的人似乎都在各自忙碌，没有注意到她的动静。

——我去食堂问阿姨再要一个？

那一头很快回复：

——这不好。

唔，打破规矩搞特权当然不妥，老板的顾虑可以理解。

林棉又打了一行字：

——那需要我现在出去给您买一点吗？

楼下就有一间超市，虽然规模不大，但里面的东西品质不错，常见的水果品种也齐全。

——现在是上班时间。

林棉撇撇嘴，心里暗叹许汀舟刻板。但她当然不敢直接把心里话打出来。

没想到，那一头许boss回道：

——但服务好自己的老板也是助理的工作。

林棉笑着打了两个字：

——收到！

对话框里很快又跳出了一行字：

——不要耽搁太久，就一刻钟。

林棉笑到要捶桌，好不容易忍住，迅速拉开抽屉，取出钱包，一溜烟地跑向电梯。

林棉提着一小袋橘子小步跑回了办公室。除了分给邻近的同事几个，剩下半袋则放在自己桌角，只拿出两个剥好了盛在小碟中，给许汀舟端了进去。

"动作挺快。"许汀舟见她走过来，微笑道。

"一刻钟超过没？"她的鼻尖还冒着细汗，两眼亮亮地望着他问。

她近乎率真的神情逗乐了他，他看了一眼电脑桌面下角的时间："刚刚好。"

"呀，我还真挺快的！这还是算上我剥橘子的时间呢！"她带着点小得意低嚷道。

"以后跑腿的工作看来可以倚仗你了。"他补充道，"希望你不会觉得我的话是种冒犯。我的意思是，我很忙，而且我的腿走不快。所以，显然你比我适合跑腿。"

她小心翼翼地观察着他的神情，并没有太多自怜自伤的情绪，只是，她的心跟着他微微垂下又向上翻起的漆黑睫毛颤动了一下。她无意识地抿紧了嘴唇，一句话也说不出来。

许汀舟道："不乐意了？"

林棉立即摇头："怎么会？"正当此时，苏心蕴敲门进来了。

苏心蕴似乎下意识地朝她看了一眼，林棉本来也正好预备走了，便退出了办公室。

林棉走后，苏心蕴道："早上日本客户的投诉你大概也知道了。这批订单都是高端文具，量也大，没想到在原料环节就已经出了问题。"

"我知道赵富刚平时的胃口就很大，只是没想到他胆子也越来越大了。我更没想到的是，他已经拉拢了一帮人替他掩饰，这么大的纰漏，只凭他一个人是闹不出来的。说到底，是我无能。"

"你的'无能'很大程度上是因为你'有情'。某些时候，这的确不是一个企业家良好的特质。"苏心蕴说，"你不傻，只是想睁只眼闭只眼，许氏毕竟是家族企业，人情关系难免掣肘，你想给你姐三分面子，可是赵富刚却将你的这一弱点用到十分。我想你也渐渐明白了，这样下去是不行的。还好赵富刚只是一个子公司的副总，饶是这样，那家公司恐怕过不了两年也要成为空壳了。"

"我有我的底线。"

苏心蕴抬眉望向他："哦？"

"底线就是输掉一家子公司。"

"这之后呢？"

"之后我就绝不手软了。"

他的目光倏然变得凌厉，然而坚定中却带着一丝苦痛。

苏心蕴点点头，没有说话。

他指了指桌上盛着橘子的小碟对苏心蕴道："要不要尝尝？小姑娘刚去买来的。"

苏心蕴微微一怔，道："不了，我有，她也给了我一个。"

听她这么说，许汀舟也不再劝，自己伸手吃了一瓣橘。

"对了，帮我尽快订一张去东京的机票，我要亲自给客户登门致歉。"

林棉到底还是答应了母亲安排的相亲。对象是一个亲戚介绍的，35岁，离异，无孩，外贸公司小主管。

林棉答应去见他的原因，除了拗不过母亲的说服教育，还有一点也很重要，她看过照片，那个男人虽然比她年长十几岁，长得倒不难看，也不显老。林棉多多少少有些"外貌协会"，若换个猪头大耳、脑满肠肥的对象，恐怕随便母亲怎么软磨硬泡，她都未必能答应去见。

约会的时间地点是对方定的：周六晚上，一家叫"宛松苑"的中餐厅。

为了让母亲满意，林棉还是拾掇了一下自己，甚至还化了一点淡妆。不知道是不是因这仪式感的作用，临出门时她居然有点小紧张了。原本不过想随便应付一下的这场会面，好像也不再完全不在乎。难道自己也真的想尽快找个归宿了？此念头一起，林棉心底也不觉暗笑。

"宛松苑"位于市中心一栋商务楼的1层。中式复古情调的装潢，环境还算雅致。

事先留好了彼此的电话，林棉在快赶到的时候，就收到了对方的短信，告知了桌号——看来对方已经提前到了。等一进店里，就由领位员指路找到了那一桌。

初次见面，彼此都有些拘谨地笑着。对方先开口打了招呼：

"你好，我是关柏延。"

林棉一边应着："你好，我是林棉。"一边脱下外套落座。

侍者上了菜单，关柏延示意林棉先点，林棉推迟不过还是随意点了两个，道："你也点一两个吧。"

关柏延又加了两个菜，另点了些软饮，交还菜单给侍者。

没了菜单的阻挡，两个人面对面反而多了几分不自在。林棉努力让自己看上去自然一些，微笑寒暄道："这里环境还挺好的。"

关柏延道，"我家就在附近，吃过几次，觉得还行，我过来也方便，就选的这里。"之后又补了一句，"这里是市中心，我想你过来也是方便的。不介意我选的地方吧？"

"当然不会，现在地铁四通八达，我过来挺方便的。"林棉家离市中心不很近，地铁要坐十几站，但幸好两头所走的路程皆不超过5分钟，因此也算便利。尽管嘴上这么说，一开始听到林柏延说选在这里碰面的直接原因是因为这里离他家近，这话多少让她有些不舒服。只是，对方后一句给出的理由也不失妥当，她也就没再计较。

关柏延点点头，接着说："我的个人情况林小姐是否都已清楚？"

林棉知道他所指："我听介绍人说了。"

"我也听说了你的一些情况。"关柏延道，"你有·个孩子——是你领养的，对吗？"

林棉倒不觉得对方问得突兀，对于双方交往来说这是一件大事，单刀直入地问没什么不好，"对，是个女孩，3岁了。"

关柏延淡淡地说了句："以后有机会可以带她出来见一见。"

他的语气虽不热烈，但也算彬彬有礼，林棉觉得初次见面能做到这样也算不错了。她对面前的这个人自然谈不上产生电光石火般的心动感觉，可并不觉得讨厌，属于可以试着交往的对象。

她一向对人对事抱有积极的期待，至少这一刻，她愿意相信，随着时间的推移、了解的深入，她和这位关柏延先生或许会有共同的光明前景。

吃过饭，关柏延便驾车将她送回了家。一顿饭吃了一个多小时，时间还很早。林棉进屋的时候，林妈妈在客厅陪着小谷看电视，见她进门抬头道："回来啦！今天见得怎么样？"

林棉道："还行吧。"说着洗了手过来抱小谷，又道："听专家说小孩子最好不要多看电视，会影响语言能力和想象力的。"

林妈妈"嗤"了一声："你这个甩手掌柜说得有理！只是我们这样的家庭讲究起来可不真成了穷讲究了？我们家的孩子可当不起这个金贵命。"

其实母亲平日里很疼小谷，只是嘴上不饶人，这一点，林棉也是习惯了的，因此并不打算和她抬杠，只软了口吻说："那我先哄小谷睡觉去，你再看会儿电视，也早点睡吧。"

林妈妈"嗯"了一声，和林棉一起，把小谷哄上了床。林棉又给小谷讲了一会儿故事，等她睡着了才去洗澡。

第二天，林棉听到母亲从介绍人处得来的反馈，关柏延对她"基本满意"，还夸赞她"长得挺漂亮的"，随后几天她都能收到关柏延的微信问候，甚至在下一个周末还约她看了一场电影，似乎种种表现都在印证他所说的话并非单纯客套——可能他对她真的有点动心。对此，林棉也挺高兴的。她没有经历过那种戏剧性很强的爱情，但是，身为女人，得到自己并不讨厌的异性的认可总比得到相反的评价要开心。何况这个人，她是打算认真交往看看的。

林棉没有忘记，今天是许汀舟从日本出差回来的日子。

此次去日本不过3天时间，机票是她帮订的，同行的还有苏心蕴。只是林棉没想到，他俩一下飞机便回了公司上班，甚至当她准点敲卡上班时，他们已经先她一步抵达了办公室。

　　"呀，你们回来啦？"她挎着包一边走一边冲苏心蕴打招呼。

　　苏心蕴微笑道："是啊，回家盥洗了一下就赶回来了，眼皮都是肿的。"

　　林棉走近她，盯着她的眼睛看了几秒："还好嘛，依旧明眸善睐！"

　　苏心蕴打开抽屉拿出一个印着机场免税店Logo的小购物袋递给她："这次去是忙公事，时间匆忙，也没空挑礼物，机场随手买的，你随便用用吧。"

　　林棉忙接过，又道谢又言"破费"。打开包装，里面是一支精油护手霜。

　　"对了，我和许总不在的时候有没有什么特别的事？"

　　"倒也没什么急事，否则我肯定给你打电话了。"林棉道，"哦对了，行政部有一叠付款申请单等着签字，财务经理已经签了，就等许总的签名了。东西他们暂时放我这里了，你看我现在拿进去给他方便吗？"

　　苏心蕴道："没事的，他精神还好，你现在进去找他吧。"

　　林棉从抽屉里取出那叠付款申请单，走向许汀舟的办公室。

　　3天不见，许汀舟的脸部轮廓似乎更清瘦了些。他的面前放着喝剩下半杯的黑咖啡，已经不再冒热气。看来，他和苏心蕴已经到了有一会儿了。

　　"许总，这些需要您的签名。"林棉放下付款申请单，见他神色里微有憔悴，想他终究可能有些旅途疲劳，便道，"其实也并不是很急，您歇一会儿再看，我等一下来拿好了。"

许汀舟道："嗨，帮我一个忙。"

他的声音几乎是从牙缝间挤出来的，显得很吃力，林棉吃了一惊，细细查看才发觉他的面色有些不对，鬓角隐隐透着细密的汗珠，"许总您……"

许汀舟撕下一张便笺纸，咬开签字笔的笔帽，写下一些什么字："帮我去药房买这个药回来。"

"这是什么药？"林棉紧张得连纸上写的什么字都没看清，下意识地问了一句。

"很普通的止疼药，非处方的。"许汀舟道，"我平时吃的是另外一种，不过需要处方，今天不巧吃完了，只好用这个暂时替代一下。"

林棉更急了："非处方药也不是能瞎吃的呀，您到底哪里不舒服？看过医生没？"

许汀舟苦笑："林小姐，在你问那么多问题以前，能不能先拜托你把药买回来？否则，我恐怕没有力气再应付你。"

"好好好！"林棉心里还是有些不安，但还是攥着那张便笺纸往办公室外走了。

"等一下，"许汀舟叫住了她，"出去之后别告诉其他人我不舒服的事，尤其是苏心蕴。回来的时候替我去行政那里随便领些文具搪塞过去。最近的药房出门左拐第三家店铺就是。"

林棉走出办公间的时候，苏心蕴的眼神正好和她碰了个正面，林棉想到许汀舟的叮嘱，顿时有些心虚，结结巴巴地低头解释道："我……我肚子不舒服，出去买个药。"

苏心蕴道："严重吗？要不要去看一下医生？"

"不严重，"她红着脸，"就是女孩子每个月的那点事。"

"哦，去吧。"苏心蕴道。

林棉买完药，遵照许汀舟的吩咐特意绕去Lisa那里领了一点文具，这才回到许汀舟的办公室。

他的脸色比之前更不好了，身体靠着坐椅左边的扶手，左手握成了拳头。

林棉撕开药盒的包装，倒出一粒药片递给他，低头发现他的杯子中没有清水，只有半杯冷咖啡。她刚要拿起杯子替他把咖啡倒掉重新装水，他抢先一步把药丸往嘴里一含，拿起杯子用剩下的咖啡把药咽了下去。

林棉"哎"了一声，见已然来不及阻止，只好摇头道："您也太胡来了，咖啡是用来送药吃的？"说着，拿起他的空杯，走去办公室内自带的洗手间把杯子洗净，又从饮水壶里接了一杯清水放到他跟前。

她的语气自然，显然并未意识到自己的口吻有些越界，而之后的动作就更加自然而然，倒显得之前有些"凶悍"的语气添了几分率直可爱。许汀舟默不作声地看着她做完了这一切，唇角不觉上扬。

林棉不经意地一瞥，恰落在他微弯的嘴唇上，她的心倏然间像一根弦子被绷紧，双手绞在一起，垂头道："我是不是自作主张了？"

"我并不这么认为。"他端起杯子，喝了一口她为他倒上的水，似乎要印证自己的话出自真心。

林棉情不自禁地拍了一下手，笑得眼睛眯起来了："对嘛，下次如果懒得起身倒水，可以叫我做，可别拿起什么就乱喝了。"

许汀舟道："我刚才头太疼了，顾不及想太多，只想快点吃了药缓解。

对不起。"

"你倒没有对不起我，你对不起的是自己的身体呢！"林棉柔声道，"那现在有没有好一点？"

许汀舟点头："嗯，好一点了。"

林棉见他的脸色仍然很苍白，猜想药效应该没有那么快完全发挥，自己待在他的办公室里也许会打扰他休息，便说自己先出去工作了。

许汀舟在她转身前问了她一个问题："林棉，和我一起工作还习惯吗？"

林棉不是很理解问题的重点，但她还是不假思索地回答道："习惯。"

"你的适应能力还不错。"

"为数不多的优点之一吧。"

他淡淡笑了笑，左手中指抵着太阳穴，低语道："可不可以冒昧问你一个问题？"

他的语气和神情勾起了她的好奇心："请问。"

"第一眼看到我的时候，对我有什么印象？"

"您的眼眶比一般的亚洲人深邃，看人的时候……有一点点严肃。"

"这就是全部了？"许汀舟饶有兴味地看向她。

"只记得这些了。"她坦白道，"还有就是……一开始我以为您是左撇子。"她纠结了半天，还是说出来了，眼下她带着些许忐忑望向许汀舟，想读取他的情绪反应。

他平静地问："那么，当你知道我并不是左撇子之后，你又是怎么看我的？"

林棉没料到他会问这个，而这个问题她觉得有必要斟酌后再回答。她既不想刺痛许汀舟的弱点，也不想公式化地虚情假意，思忖过后她说："我觉得，您用左手或者右手工作，并不会影响我们的工作关系。但是，既然我知道了您的身体有些不便，我可能会比之前更加用心观察您的需要。"

他垂下原本按在太阳穴上的手，轻声道："谢谢！"

"这本来就是我的工作，应该的。"

"我感谢的部分是：你没有用泛滥的同情心去回避我'不方便'的客观事实。"

"我只是觉得没有必要夸大这份'不方便'而已。"林棉道，"无论对于您还是我，都是可以适应的，不是吗？"

"如果我说，我是被迫适应得很好呢？"许汀舟反问。

"也许吧。"林棉的心有些暗暗痛楚，"但无论起因是什么，现在的您，在我看来已经是一个很棒的人。也许，您会觉得如果没有发生一些不幸的意外，您可以成就更好的自己，但那毕竟只是假设。就像……在您考虑招聘实习生的时候，只要当时的想法上有一点点的偏差，现在坐我这个位子的，就会是另一个候选人。他可能比我更适合这个岗位，只是，已经没有机会实现这种假设了。可是我想您也不会因为有这样的一种可能，就把我给炒掉。至少会给机会，让我证明自己也还不错。"

"你的类比很有意思。"他说，"所以，你的总结词是？"

林棉这时才反过头来意识到自己说了好多不像自己风格的话，这时倒反而总结不出重点来了，咽了口唾沫，她怯怯地挤出了句："我想，我要说的大概是4个字吧，哦——活在当下？"当下的当下，她有点想咬掉自己的舌头。

许汀舟笑得扶住额头："好的，我知道你的重点了：你是想让我确信，你刚才做假设的那个'更优'候选人是不可能出现的。起码，不会有人让我在头疼发作的时候还成功笑得出来。"

　　"我成功了吗？"林棉咬唇笑。

　　"毋庸置疑。"

"分手吧，那个人不值得信任。"

"他不值得信任？难道你要我相信你没头没脑的话？"

许汀舟的鼻腔冷哼了一声："比起那个人，我可信得多。

至少我没必要坑你。

第三章

锦盒　良药　独臂侠

　　下班前，林棉接到关柏延打来的电话，这才想起前两天他出差去日本，今天才回家。

　　关柏延打电话约她吃晚饭，林棉想着自己作为女友要表现得体贴些，便道："今天才回来，要不歇歇明天再约吧。"

　　关柏延笑说："怎么，你就不想我？"

　　这本是一句恋人间最寻常的打趣话，倒问得林棉一怔，只小声应付了句："不是……"

　　关柏延也未再多缠，只说："我不累，晚上下班我来接你。"

　　林棉挂了电话，竟有些恍惚。

　　她忽然觉得有些淡淡的"愧疚"，关柏延出差的这两天，她似乎……真的没怎么想这个男朋友。不过她向来不是个钻牛角尖的人，加上没几分钟又有工作插进来，不一会儿就把这一茬给抛到脑后了。

　　林棉不得不承认，关柏延今晚的安排颇合她意。

　　她从来没有来过这样高级的饭店。小而精致的包间里，红酒、白玫瑰和粉色的蜡烛营造出唯美的气息。在旁侍立的小提琴手让这一场景更显出几分戏剧化的浪漫。还没等林棉从惊喜诧异中走出来，关柏延打了一个响指，小提琴拉出了悠扬的小夜曲。

完蛋——林棉自己知道：那些听上去很俗的套路，在她身上完全奏效了。

不由自主地露出微笑，她忽然有了几分沉浸在恋爱中的真实感。

在今晚之前，她还总觉得关柏延只是自己的相亲对象，尽管两人已经约过饭、看过电影，也说过一些恋人之间才有的情话，他却始终未曾给她真正在与一个男人谈恋爱的感觉。

她眼中的关柏延并不是那么感性多情的男人。诚然他各方面看上去还不错，她对他并无不满，但她总觉得和他之间少了点什么。她安慰自己要切合实际，不要胡思乱想，可那有什么用？她终究是个年轻的女孩子，爱情的甜头，她远未尝够。

侍者已经为他们倒好了两杯红酒。关柏延举杯："为了我们的小别重逢。"

林棉与他碰了碰杯。高脚杯里的液体欢快地轻颤了几下，随后被两人缓缓饮下。

林棉酒量普通，只是看关柏延整杯干了，才配合地也干光了杯中酒。红酒的味道她谈不上喜欢，反而觉得在舌根有些涩涩的，便舀了一小勺沙拉送到嘴里解解味。

许是看出她平时并不爱喝酒，关柏延笑道："你也真实在，我干你随意就好，又不是去应酬客户，不得不喝。"

"一杯不要紧的。"林棉说，"反正今天高兴，喝点酒应该的。"

关柏延道："你这么说，我也挺高兴的。"

"对了，我妈说让你抽空来家里坐坐，你这周末有别的安排吗？"

除了转达母亲的话，林棉心里也想让关柏延和自己的家人熟络一些。尤其是小谷。虽然关柏延知道小谷的存在，但毕竟没有和孩子接触过，小谷也不知能否与他亲近。这一条可是她谈恋爱需要额外考量的重要指标。

"好啊！"关柏延简短地道，并无他话。

"你会不会有点紧张？"她觉得他的态度有一点冷淡，不自觉地便为他的心理方面着想。

"第一次上门嘛，总有一点的。"

"我妈应该会喜欢你，至于小谷，她从小并不很怕生，你只要对她好，她也会接受你这个……"林棉打了个磕巴才接下去，"叔叔的。"

小夜曲停了。

关柏延向小提琴手致谢后，示意他和侍者走出包厢，随后才道："这些问题，总会解决，你不用太担心。"

林棉觉得他的口气并不很暖，但也未再纠结。因为很快关柏延又殷勤地为她切起了牛排，将自己面前切好的那盘换到她的面前。

她问了些他在日本出差时的经历。他回答得很简要，无非就是白天忙公事，晚上随意逛了逛街。随后他又像很了然她的想法似的，从包里拿出一个蓝丝绒锦盒，打开道："我明白了，你肯定是在旁敲侧击问我有没有给你买礼物。你看，再忙我也记得的。"

林棉打开锦盒，里面是一条珍珠手链。珍珠不算很大，但色泽很美，白中透着微微的樱粉色。

"日本的海珠，是不是很漂亮？光泽也比淡水珠好很多吧？"

林棉对此反倒近乎一窍不通，只是觉得这串珍珠真的很美。

"会不会很贵？"林棉从小接受母亲的教育是，不能收别人太贵重的礼物，尤其是来自异性的。她不太确定，自己接受关柏延的这份礼物是否合适。

关柏延从锦盒里拿出手链，打开龙虾扣，笑着替她戴到手腕上："那要看送给谁了，送给我女朋友的话，不算贵。"

"哦。"林棉低头红着脸笑，心里挺甜蜜。

这餐饭吃得很愉快，也就不觉得时间过得慢。等他们走出包间的时候，餐厅已经快打烊了。

两人都喝了酒。关柏延叫了代驾，说是几分钟就到。在停车场等代驾过来的时候。林棉看到一个熟悉的身影。

虽然只是背影，但那人的样子太好辨认了。他的司机刚为他拉开车门，他正准备跨进车子里。

许汀舟离他们并不算近，中间隔了一长排停泊的车子。但林棉还是冲他打了招呼："嘿，许先生！"

许汀舟耳力不错，几乎是立即回头，右边的袖管随着他身体的扭转轻微晃动了两下。

"你好。"他的声音有些客套。

这也没什么，他们本来就只是上下级关系，林棉并不觉得他的态度有任何问题。她对身边的关柏延道："我老板在那里，要不要跟我一起过去打个招呼。"

关柏延的嘴微张了两下，却没有马上回答，最后眼皮振了振，道："不了，我也不认识他，我在这里等你，你过去打招呼吧。"

她觉得这也无不妥，就快步朝许汀舟的车子走过去。

许汀舟似乎也并没有上车的意思，靠着车身等着她走过来，一双眼睛却朝着关柏延的方向在看什么。

"许先生，您也在楼上吃饭吗？"林棉站定后问道。与此同时她这才发现车子的后排已经坐了一个人——是个女生。

"对不起我是不是耽误你们时间了？"她有些抱歉，直觉上，她觉得自己可能是打扰到了许汀舟的私人时间。

"没关系。"许汀舟说，"我们也刚吃完饭。"

林棉当然不会去问他口中的"我们"是怎样的一种关系。尽管，有些莫名的八卦心思在隐隐作祟。她有些讨嫌自己，怎么居然会有探寻老板感情生活隐私的兴致。只是她有贼心没贼胆，最大的胆子也就是朝车里的女孩偷偷多看两眼罢了。可惜车里的人一直微微低着头，又是晚上，停车场的灯光不太亮，她也没看清。

"你那位是？"

尽管许汀舟一未用手指，二未用眼神看，但林棉很快反应过来，他指的人是关柏延。

她倒没想到，许汀舟会问自己这个。

"我男朋友。"要说今晚之前，她可能对将这一称谓冠在关柏延的身上还有些说不出口，今晚之后，她似乎能够坦然地向周遭的人介绍他的身份了。

她以为许汀舟只是顺便闲聊一两句，没想到他又问："交往很久了？"

她老实回答："不算久。"

许汀舟道："那还好。"

她莫名："为什么这么说？"

他明晃晃的眸子望着她的眼道："因为我不希望我的手下太好骗。"

她一头雾水，迷茫更深："什么意思？"

许汀舟道："分手吧，那个人不值得信任。"

"他不值得信任？难道你要我相信你没头没脑的话？"

许汀舟的鼻腔冷哼了一声："比起那个人，我可信得多。至少我没必要坑你。"

说得没错，是没必要。

林棉完全同意他的话。她也不是怀疑许汀舟有什么不良动机，只是，这样云遮雾绕的说话方式，她理解不了啊！

难道，就因为他的一番话，她就和前几分钟还浓情蜜意的男友闹分手？这也太荒谬了吧？

许汀舟扶着左腿跨坐进车里，调整了一下坐姿道："我不是个多管闲事的人，今天已是破例。你信最好。"

说完，他关上了车门，不再给她任何解释。

她呆呆地看着他的车驶离了停车场，半天没回过神来。

关柏延不知何时已经来到了她的身旁，一手搭上了他的肩膀。

她本能地躲开了一下，不知道为什么，尽管许汀舟的话她完全理解不了，但就是感觉被他在心里种下了一根刺。方才对关柏延敞开的恋人心扉，刹那间关闭了。对于来自于他的身体接触，她产生了抗拒。

"对不起。"理智又让她对关柏延产生亏欠感，"我有点混乱。"她不知道该怎么解释现在的状况。

关柏延显得小心翼翼："怎么了？和老板哪句话聊得不愉快了？"

"没有。"她掩饰道，"我们老板的脾气有些古怪，不过人并不坏。"

"也难怪啊，据说身体有残疾的人，多半心理也有问题。"

"柏延！"林棉听了他的话有些不高兴，"别这么说人家。"

关柏延道："好了好了，走吧，不去管他了，我们的代驾已经来了，快去车里吧，我送你回家。"

看着关柏延的手臂朝着自己的腰肢揽过来，她略一蹙眉，赶在他的动作之前，绕走到了他的前面，抢先一步坐进了车里。

基于昨晚与他的对话，第二天在办公室见到许汀舟的时候，林棉略感尴尬。许汀舟倒是神色如常，似乎一点也不记得自己曾对她说过什么。林棉想，或者他是真不觉得自己昨晚的话有任何不妥当。

林棉虽然就坐在许汀舟办公室门口办公，彼此间直接的工作接触其实并不太多，更多时候她是在为苏心蕴打下手。今天苏心蕴派给她的事不是很多，一空下来，她就难免胡思乱想：许汀舟古怪的"建议"让她心神不宁，她竟无法置若罔闻。她并不气他莫名其妙干预她的感情选择，反而正因为觉得许汀舟不是那种喜欢插手别人生活的人，所以更加不安。

中午吃饭前，她收到男友的微信，与她约定好周六去她家上门的事宜。从到达的时间到准备什么礼物，关柏延考虑得无一不全。她简短回应，对于他的一切提议都说"好"。

放下手机，林棉的心忽然迷惘更深。她蓦然起身，敲门走进许汀舟的办公室。

许汀舟的左手仍然放在笔记本键盘上，只微微抬了下巴，看了她一眼。

"对不起，许总，打扰一下。"她知道自己冒昧，但就是忍不住要找他把话说个明白。

他的左手从键盘上滑开，身子向后略仰："为昨晚的事？"

她没想到他已然猜透，便也干脆地回应："是。"

"不信？"

"谈不上信与不信，只是……"

"那就是不信。"他哂笑道，"请便。"

"我总不能无缘无故就让人出局吧？"她争辩道，"他对我很好。"

"这世上，有些人的'好'是很廉价的。"许汀舟一脸不屑，"你需要这种廉价的体贴吗？"

林棉看着他的神情、听着他的语气，积压了一晚上的不悦忽然发酵，忍不住冲口而出道："许总是觉得，'高贵的嘲讽'比较适合我？"

许汀舟似乎没料到她的反应，神色一怔。但他显然在这一轮的情绪克制中比林棉略胜一筹，只是淡淡地回了她一句："我想，是我应该收回我'多余的建议'。"

林棉此刻理智又占了上风，她有些后悔自己刚才的语气不善。毕竟，她仍然要在眼前这个男人手底下工作，而且，许汀舟为人虽然有些不可理喻之处，但她并不认为他会是那种中伤别人的人，许是中间有什么误解也未可知。

他的面色不豫，傻子也看得出来。他的左手握紧了鼠标，自顾自开始工作，不再理会房间里的另一个人。

林棉只好说："我出去工作了。"

许汀舟连眼皮也没抬。

她走出来的样子简直像没了魂。

苏心蕴朝她看了一眼，道："你挨训了？"

林棉跌坐在椅子里，摇了摇头，"我想，可能比挨训更糟。"

苏心蕴的眼里好奇中掺杂了担忧。

"也许，算是和许总……吵了一架？"她胡乱揉了揉自己半长的头发，把脸埋进了胳膊弯里，趴在了桌面上，"我到底做了什么啊！"闷声闷气的哀叹从她的胳膊肘里传出来。

当林棉再次抬起脸的时候，苏心蕴已经不在自己身旁。

下意识地抬头往许汀舟的办公室看了一眼，从半遮的百叶窗里，她看到了苏心蕴的身影。

苏心蕴是为她得罪老板的事进去找他的吗？

她不得而知，只是越想越郁闷。对，就是很郁闷！郁闷的情绪远远大于单纯得罪一名上司的恐惧感。

她点开Lync上与许汀舟的对话框。

很想对他表达些什么，可她打不出一个字来。说"对不起"吧，她不甘心，在她心里，自己的态度即使有问题，许汀舟那方面也不是无刺可挑的，她不想"谄媚"到那种地步。

或者，发一个表情符比较合适？既可以缓和僵持的气氛，又显得比较自然?

微微示好，也不算太亏"气节"……

她揉了揉太阳穴，鼠标轻轻在那些小小的表情符上滑动：

红心、红唇、红玫瑰……

通通pass掉！

蓦地，她的眼睛落到了一个"咖啡杯"的表情符上。一霎想到不久前他曾经夸赞过她泡咖啡的手艺，不禁莞尔一笑。

就它了！

才点了发送，就看到苏心蕴从老板的办公室里走了出来。林棉不知为何有些心虚，便把与许汀舟的对话框给最小化了。

苏心蕴并没朝她走过来，甚至没有朝她的方向多看一眼就兀自回到自己的位子坐下工作了。

她的眼睛盯着笔记本屏幕，一眨不眨。

不一会儿，对话框闪动了起来。

她兴奋地点开，如她所愿，真是许汀舟回的：

——一杯虚拟的咖啡就想求得上司的原谅？

林棉暗自撇嘴：谁说要你原谅了！你自己也很有问题好吧？

她当然不敢这么回复。

可是……等等！她再一次阅读了一遍他发来的短小句子，猛地一拍脑门，突然有了更深层次的领会！

一杯虚拟的咖啡……虚拟……难道他的意思是……

她笑了，如一只快乐的小兔子一般起身跑向茶水间。

她端着咖啡杯进去的时候，心里还是有些忐忑的。

在她放下杯子后，许汀舟主动对她说了一句："谢谢！"

她的心释然了大半。"不客气。"她说。

许汀舟呷了一口咖啡："没有给我加点料什么的吧？"

林棉知道他是开玩笑，神色和语气也松快起来："喝都喝了，还问？晚了点吧？"

他沉吟道："喝下去的大概不能吐出来，但是，如果搞清楚喝下去的东西有问题，至少可以停止继续喝，不至于闹到无药可救。"

他话中有话，她听得出来。好不容易缓和了气氛，她也不想和他争辩。再者她想：许汀舟或许有他的道理，只是可能自己的悟性太差，还没有领会到他话里的精髓。

"我无意干涉你的生活，"许汀舟道，"但我不至于是指望你过得更坏的人。我们并无利益牵扯，你大可以相信我的善意。"

林棉相信他的善意。

"可能我比较笨，看不清楚真相。"林棉因疑惑而焦虑，"所以，可不可以拜托您把话说明白一些？我男朋友哪里得罪过您吗？还是您知道他什么不可告人的秘密？"

"仅仅因为一个人得罪过我我就去中伤他——这种事我做不出来。"他道，"疏不间亲的道理，我也是懂的。我不意外，在我和他之间，你会比较倾向于相信自己的男朋友。"

是吗？真的毫无意外吗？

林棉扪心自问的结果，居然令她自己有一丝震惊：坦白说，她发现自己已经因为许汀舟的话对关柏延产生了信任危机。或许是因为关柏延和她交往时间尚短？不，她无法说服自己。毕竟，她来到"文心"工作的时间也长不了多少。她本人和许汀舟交际寥寥，多半是在工作场合浅浅地交流，远谈不上知心故交的地步。

很奇怪，她对他的信任的来源多半不是理智判断，而是一种本能。他固执，甚至有些地方存在偏执；他待人接物少见热忱，时见阴郁、不乏冷酷，对于很多人来说，他不是个很好相处的人。

他与她在职位上天悬地隔，在经历上毫无相似，性情上也未见得有多少重合默契，但是，短短的时间内，不知不觉中她竟然对他的存在有了几分倚重感。她发现自己无法忽视他给出的意见——无论是针对工作还是她的私人领域。

"你出去工作吧。"许汀舟冷淡却不失礼貌地对她说道，"关于这件事的谈话，到此为止。"

"不。"林棉望着他，下定决心追问到底，"我还是想弄清楚原因。"

他似乎没料到她的反应，"你可以选择不信。"

"问题的症结在于我几乎已经要相信了。"她直直地看着他的脸，"如果我真的不信你的话，我想我不会给您泡这杯咖啡。因为我会很生气，即使您是我的老板，我也不接受别人中伤自己的朋友。"

"朋友？"他的语调意味深长。

她一愣，接着回道："都一样，朋友或者男朋友。"

"也就是说，你不认为我的话是中伤，而是'有的放矢'？"

尽管心里有些膈应，但她还是承认了："我认为，你应该有你的理由——足以说服我的理由。"

"我为什么要费力说服你？"

"如果您不期望把我说服，您就不会对我提出那样听上去不太合乎常理的建议。"她说，"您的本意总不会希望您的好心劝诫被我当作耳旁风吧？"

许汀舟看着她认真的模样，忽然发笑："我真不该破例当个多管闲事的人。好吧，下班之后，我再和你谈这件事。你先回去工作，晚上我请你吃饭。"

"请我吃饭？"她吓了一跳，"为什么？"

"罚我自己啊！"他的声音沉稳认真。

"为了什么？"她已经完全昏掉了。

"惩罚我自己一时兴起，多管闲事，现在可好——甩不脱了。"

林棉觉得如果在卡通片里，她现在的形象一定是头顶一个大问号加感叹号！

——不，是无数个！

走出许汀舟的办公室不多会儿，许汀舟从 Lync 上发来一个餐厅地址，并且留言：

——想了下，我们分开过去比较方便，就是这下得麻烦你自己打车过去了。

林棉立马打了三个字：不麻烦。

她当然理解许汀舟的用意，无论对于他还是她来说，避嫌是必要的。她可不想在公司以花边新闻出名，许汀舟想必更是如此。

林棉下班走的时候，特意朝许汀舟的办公室里张望了一眼——灯亮着，他还在。

她倒不担心他会迟到。他有专职的司机接送，想必晚不了多久。许是特地与她错开些时间离开公司也说不定。于是林棉把转椅推进办公桌，起身离开。

餐厅离这里不远，打车起步价，公交两站路。只是公交站离这里还要走上10分钟。在打车和公交之间纠结了两分钟，她决定还是打车去。许汀舟是她的老板，没有让他等的道理。

餐厅建在一栋漂亮的红砖小楼里，在2楼有一个露台，非常幽静。

林棉试着报了许汀舟的名字，果然，他已经订了位。

侍者引她上台阶，她想到了什么，便问："对不起，小姐，1楼还有空位吗？"

"有的，不过大多数客人喜欢2楼的视野。您要换1楼的桌子吗？"

"对，就坐1楼好了。"她说。

许汀舟的腿不方便，平时看他走平地都拖着腿，这种老式洋楼的台阶又高，对他来说太吃力了。

刚坐下，他便来了。他身形挺直地站在门口，一双黑幽幽的眼睛似乎在寻找她的身影，她不自觉地站起身，朝他挥手示意："嘿！"

他看见了她，朝她走过来。

走动起来的时候，他的身形失去了挺拔的威仪感，缺失的肢体让他的步伐看上去有些失衡。

林棉看着他。

周围的食客看着他。

服务生也看着他。

许汀舟却似乎什么也没有看。

"没有让你等很久吧？"他刚要把椅子拉开一点坐下，侍者已经殷勤地先他一步替他拉开了。

他说了谢谢，左手扶了扶桌沿，身体往右微倾，缓缓坐下来，又用左手将歪在外侧的左腿膝盖拢了拢，把腿掰正。

"见笑了。"他的声音有些喑哑低落。

她知道他指的是他此刻的模样。虽然衣着仍是光鲜，但在人群中，他最为惹眼之处却是他最不愿为人所见的窘迫。

她竟不知道如何开解他，只是摇头，很认真地冲他摇头。

他侧过脸，小声唤来侍者点餐。

林棉并不在意今晚吃什么，她甚至忘了这顿饭预先设定的主题是什么。

第一道冷菜上的是蓝莓山药。

"先吃点甜的，因为我接下去要说的话，可能会有点让你痛苦。"

许汀舟的话似玩笑又似认真。

她一面动筷，一面随口嘟囔了一句："难道你要告诉我，我男友一脚踏两船，是个渣男？"

许汀舟也没有接话。

林棉意识到他的反应，心思一转，蓦然叹了句："不是吧！"

看样子真是被自己不幸言中了？

筷子已经夹到了一片山药，在放入盘子与送入口中这二者间，她犹豫了一秒钟，选择了后者。

许汀舟盯着她看了良久，直到她闷声夹起第二块山药后，他的嘴角露出了一丝笑意，左手举筷伸向盘中，道："看来是我多虑了。"

林棉咽下嘴里的菜，问道："这怎么说？"

"你不怎么伤心嘛！"

林棉想了想：的确。

但伤心就算没有，生气还是免不了的，好奇更是免不了，她干脆问他："您怎么知道的？"

"我从日本出差回来的那天，他和女伴和我只隔一条机舱走廊。"

能被许汀舟这样高冷的人注意到，想必他们的亲昵程度很抢眼，林棉心想。

"而且很巧，他身边的女人我认识。没办法，在商场打滚总是有机会认识比较多的人。不过，我并不打算告诉你对方是谁。关于这个我不会说，也不认为这很重要。我想，你那个男朋友，对她未必是真爱，只是某种权益交换——这也是让我更看不起他的原因。"

"交换?"林棉苦笑道,"那么,我身上又有什么值得他交换的东西?"

"总之不会是爱情。"许汀舟道。

林棉无言以对。听到许汀舟这句话,她还没开始谴责关柏延的行为,就开始扪心自问:爱情这个东西,她何尝有?就算关柏延怀揣着一颗赤诚的心,她恐怕也没办法拿出十足的热忱相对。想到这里,她反而原谅了关柏延的行为。

林棉问:"对方是谁当然不重要,可是,我奇怪的是,您又为什么要与我特意强调我和他之间并非真爱呢?事到如今,这还重要吗?"

许汀舟说,"我以为这样说你会好受些。"说着他又加一句,"但我并非为了让你好受就说昧心话。"

她想了下他的话,对他的好意更加了然和感激。

只是,当她从一开始的惊诧中回过味来之后,心中不禁冒出了一丝凄然。

毕竟,被自己的上司揭穿男朋友是个渣的事实,还是蛮尴尬的。

她甚至不太敢正视面前的许汀舟。他的眼神太犀利,太深邃,让她有些想避开。

她偏过脸去,望向餐厅的落地窗外。树影婆娑,街灯明亮。她努力平复着自己的心境,却在即将成功之时,又再次被勾起了波澜。

许是看到她神色有异,许汀舟问道:"怎么了?"

从他的角度,他看不到刚刚从店外推门而入的那两个人。

可是,她恰好看到了。

她的神色变化实在太明显,以至于许汀舟回头顺着她的视线扭头看了过去。

　　关柏延的眼神表明他也注意到了林棉和许汀舟的存在。但关柏延没有走过来打招呼，反而带着女伴朝楼梯方向走。

　　林棉不由自主站起身来，离开桌子。

　　许汀舟忽然伸手拉住她："你想怎么做？"

　　"没想好，"她坦白地回复他，"但今天这件事得有个了断。"

　　她感受到他手指的温度，眼睛落在了他的手上，许汀舟立即放开了她。

　　她正要跟着关柏延跑向楼梯，却听许汀舟沉沉地道："等一下——"

　　她看着他按着桌角站起身，忙不迭扶住他，恨不能把他按下去："不用不用，您不用管我的。"

　　许汀舟轻轻拿开她的手，似笑非笑："该说这句的是我：我管我的闲事，你不用管我。"

　　林棉拿他无法，只好放慢了脚步跟在他的身后。

　　脚步放慢后，她的情绪也冷静下来。

　　她并不想和对方大吵大闹，除了被欺骗玩弄的愤怒感，她对关柏延的感觉也没剩多少了。

　　——今晚把话说清楚，就各自转向而行吧。她打定主意。

　　来到楼梯前，许汀舟做了个手势让她先上楼。

　　林棉略一思量，照着他的意思先上了台阶。

　　她当然并不心急"捉奸"，只是不想令他在她面前感到尴尬。她能想象，以他的骄傲，必不愿意被下属看到自己走楼梯时艰难蹒跚的模样。

楼梯台阶是木质的，人踩在上面的声音会格外响。

她听着他的脚步声，强忍回头的冲动。直到自己走上了2楼的平台，才下意识地朝着楼梯的方向往下看。

他的左手扶在栏杆上，右腿先跨上台阶，左手再掰着左腿向上抬。他的左膝似乎不能自由地弯曲，只能被动地折成一个僵硬的弧度，依靠大腿的力量和左手的帮助才能踩上台阶。

他的样子让她自责。在这一瞬间她甚至觉得特地来和关柏延理论完全不值得。

这一刻，林棉忘了自己冲上2楼的初衷，只是定定地站在楼梯口，等着许汀舟走完最后一级台阶。

直到他终于走上2楼，她才舒了口气，望着略带倦容的他，一时无言。

"去做你要做的事。"他说。

她点点头，转身寻找关柏延的身影。

他们在靠近露台的桌子坐着。身旁站着侍者，关柏延对面的女子捧着菜单，似乎在点菜。

林棉心中毫无波澜，只想尽快结束一切。她目不斜视地朝他们走过去。

关柏延看了林棉一眼，眼底闪过一丝强作镇定的神色。

"好巧。"他开口道，"我和领导在这里吃个饭，谈些事。"

林棉觉得可笑，也真的笑出了声："怎么这么巧？我也是呀！"

关柏延嘴角抽了抽："那什么……我现在有点事，我们回头聊吧。"

"不必了。"她褪下手上的珍珠链，"我没什么事儿，就是把你的东西还给你。"

关柏延还没答话，他对面的女人倒笑了起来，"我去露台抽根烟，你们谈吧。一根烟的工夫，够了吗？许总——"那人朝着刚刚跟上林棉的许汀舟笑眼相看道，"要不要和我一起回避下？"

许汀舟看向林棉，目光似在征求她的意见。

"不需要。"林棉道。虽然此刻场面难堪，但她觉得大可不必让许汀舟为此移步。他爬楼梯的样子仿佛还在她的眼前晃，她不希望他为了她的事再受累，哪怕只是多走一步。

"也好。"许汀舟微微靠向身后的一根廊柱，语气浅淡，目色如霜。

关柏延携来的女伴耸了耸眉，转身去了露台。

"林棉，"关柏延缓缓站起来，绕到她的身旁，清了清嗓子道："我对她和对你的心不一样。"

林棉觉得这种说辞俗套拙劣到极点，她连回应的兴趣都没有了。

关柏延却仿佛将她的沉默当成了一种退让，愈加激烈地为自己辩白道："你应该看得出来，她的年纪比我大很多，她是我的上司，丈夫早死，没有孩子，她需要的，也不是爱情，只是要人填补空虚罢了。当然，她在工作上也很提携我。我和她都没有缔结婚姻的打算，我也和她明说过，我快结婚了，我和她的这段关系不会长久。她呢，也赞同我的想法。"

关柏延蓦然伸出手从背后揽住她的腰，林棉几乎惊跳起来，打了个冷战，觉得恶心得想吐。

"你先放手。"她下意识地望了望许汀舟，许汀舟蹙着眉的样子看上去阴郁极了。她不想在他面前表现出高呼挣扎，那样只会让她自己更加感到窘迫。她只能尽力保持平静，出声制止关柏延的亲昵举动。

关柏延却没有马上放开她："好了好了，我理解你的心情，要不然，从现在开始我就和她了断。"

林棉在他的臂弯里无奈地扭动着，欲哭无泪。

许汀舟忽地走了过来，伸出左手拉住了她，他很用力，竟然将她从关柏延的手臂桎梏中解脱了出来。林棉甚至惊愕地发现，不知是不是因为担心自己会被关柏延再次钳制住，他搂住了她的肩膀，几乎是把她护到了自己身前。

"你什么意思？"关柏延在身后叫嚣道。

"带她离开。"许汀舟头也不回。

林棉觉得，不应该把许汀舟扯进这场混乱里，扭头对许汀舟道："许总，我总要和他说清楚的。这里大庭广众，他也不能把我怎么样。"

许汀舟点头："坐下说。"随即将她按到一张空椅上，他自己则扶着椅子的靠背，丝毫没有挪开的意思。

"关柏延，我一点也不想干涉你的私生活。"林棉的心此时格外冷静，"我们之间没有任何契约，你是自由的。"

"你要相信，我说要娶你、照顾你的生活、接纳你的孩子，都是认真的。"关柏延道。

林棉想了想，打算给对方一个台阶下："可能，是我自己没有想清楚，我还没有想清楚，自己有没有做好心理准备走入婚姻吧。我自认为不太适合你。所以，今天这样的局面……也好，我们都可以选择自己想要的生活。"

她以为自己这番说辞已经足够婉转，没想到，关柏延竟然阴阳怪气地长"哦"了一声，道："今天这事儿恐怕还合了你的意了吧？你又在这装什么清高？"

林棉被激怒了，刚才自己好心给人留一线，没想到对方反咬一口。

要不是顾忌许汀舟在场，她多半是克制不住自己的脾气要与关柏延彻底撕破脸了。

"随你怎么想，"她僵硬地微笑道，"我们到此为止。"

她站起身，许汀舟也紧随其后，转身走向楼梯。对于关柏延，多说一个字，她都觉得是在浪费生命。

"你比我好不了多少。"关柏延的声音充满嘲讽，"你今天来这里又为了什么？只是单纯陪一个残废吃饭？谁知道吃完饭你们还会干什么！"

林棉听到转过身，怒气正要发作，却看到咫尺之内的许汀舟肩膀轻微抖了一下。

"一个字也别听。"她难过极了，比起发火，此时此刻她满心只想安慰许汀舟，"他是个混蛋。"

"我是混蛋？你又是什么好料？"关柏延的声音充满不屑，"说是年纪轻轻收养了一个弃婴，谁又知道是不是你自己不检点生下的孽种？我只是不去追究罢了。像你这样的情况，心气还要高到天上去吗？怎么？比起我这个打工仔，还是找个缺胳膊少腿的有钱人更合意是吧？"

林棉气得发抖：一个人，竟然可以卑鄙下作到如斯。经此一事，她大开眼界。

"你有资格追究什么？"就在她瞠目结舌之际，许汀舟开口了，"她有个孩子，弃婴又怎么样？亲生的又怎么样？她都在负起一个母亲的责任！她没有什么可丢人的，也当然值得拥有幸福的婚姻。而你，不是那个良人。"他的目光如钉子一样定定地锁住了关柏延的脸，"朝别人泼脏水洗清不了你自己。"

关柏延气急败坏地就要来扯许汀舟的衣领："你啰唆什么？有本事别光动嘴啊！"

林棉准备举起手包朝关柏延的手砸下去了，却有人抢先一步拉住了关柏延——竟是他的女伴兼上司。

"许总这话说得真好。"那女人妩媚一笑，眼尾眯出几根细纹来，却别有一番风韵。

关柏延悻悻地垂下手。

"你可真会挑动手的对象，依我说，这也不算有本事。"那女人瞟了一眼关柏延，又转而对许汀舟微笑道，"小许总，抱歉了，平白让你卷进这场无聊的风波里。"

"没什么，齐阿姨。"许汀舟对她十分客气，"自己愿意蹚的浑水，也就不算是'平白'卷进去的。"

"嗯，"这个"齐阿姨"似乎对他的说法很赞赏，连连点头，"你们慢慢吃，我们先走一步。替我向你父亲问好。"说着，真就带着关柏延一同结了账离开了。

"我们还继续吃吗？"林棉问许汀舟。

"为什么不呢？"许汀舟反问，"如果你不介意，可以坐到露台上去吃。"

"为什么?"这个时节，天气有些凉意了，选择晚上在露台吃饭的人并不多。

"相信我，呼吸一下新鲜空气，对你有好处。"他说，"你感觉冷的话，我可以把外套借给你。"

林棉很感动。"其实，我没有很伤心。"

"可如果我是你，我会对自己很失望。"

"失望?"

"难道不是吗?"他一边走向露台，一边对林棉说，"眼光如此之差，不该检讨? 换作是我，我会恼死。"

本来是挺严肃的话题，而且许汀舟的口吻也很严肃，但林棉听了不知为何就是忍不住扑哧笑了。

落座后，林棉唤来服务生，告知要换桌。许汀舟又加点了一瓶红酒。

"喝点酒，没问题吧?"

"我只能喝一杯。"

"那就只喝一杯。"许汀舟道，"这里可以存酒，以后有机会，想喝的时候，还可以再来。"他望向露台下的花园和远处的街道，"原来从这里看出去，是这样的感觉。"

"您没有上来过?"

"没有。"他说，"以前总是怕麻烦。"

林棉心中微痛。

"谢谢你，许总!"她由衷地说。

"我又能帮什么忙呢?"他自嘲道，"打架我显然不在行。"

"他才不配您动手！"林棉受不了他这样说自己，哪怕是玩笑话也不行。

许汀舟的表情一滞，左手微微蜷缩，又放开。

"说起来，我以前就很爱惜我的这双手，从不打架。"他的眼睛看着桌面上空虚的某处，"是的，那个时候，我还有'双手'。"

侍者将醒好了的红酒倒入他们面前的高脚杯。

"我曾经想当一个雕塑家。20岁的时候，梦碎了。"他端起酒杯的左手在颤抖，可他仍然将杯中的红酒一饮而尽，"我不知道老天要罚我什么，为什么要让我遭遇雷击。——你知道吗？当时我的右臂已经截肢，父亲为了保住我的左腿不被截肢，几乎想尽了一切办法，可是我却已经不在乎了，对我来说，变成独腿人也好、瘸子也好，都无所谓了，因为我已经把我的右臂弄丢了，也弄丢了我的梦想。"

"为什么和我说这些？"林棉虽然此前已经从沈乔那里得知了他曾因雷击截肢的遭遇，但她并不认为自己有必要知道这些，更何况，是由许汀舟亲口告诉她这段不幸的记忆。

"也许有些冒昧，但我觉得，可能……我比一般人能体会你的一些选择。"许汀舟说，"以一般人的择偶标准看来，你我的条件各有各的糟糕。但我还是想说，你还没有到需要饥不择食的地步。你年轻、健康，也很善良，你可以不用这么早就放弃希望，随随便便找一个凑合的人过日子。"

"我觉得您说得对。"林棉一边点头一边说，"其实，我刚才面对关柏延的时候，底气并不是很足。因为，我忽然觉得自己也没有对他有那种死心塌地的感觉。我并不嫉妒、也不仇视他交往的另一个女人。如果说，我是他觉得还可以凑合过日子的女人，他对我来说又何尝不是'将就'呢？我以为，考虑到自己的家庭情况，我可以在感情上选择将就，但事实是——我不甘心。"

他的眼神变得渐渐深沉，似乎若有所思。

"很好。"他说，"能这样想，说明你很勇敢。"

吃完饭，许汀舟唤来侍者。林棉并不打算与他争着买单，大大方方接受了他的请客。

下楼的时候，他照旧让她先行。她犹豫了一下，终还是开口道："介不介意我和你一起下去？"

他没有立即回答她，在她忐忑不安地准备按照他的意思先下楼的时候，他小声道："如果你不介意我走得慢的话……"

"我不赶时间。"她笑。

右腿先往下，左腿再半拖着从上一级台阶垂放下来。

他走路的样子目不斜视，嘴唇微微抿紧，似乎完全专注于脚步的节奏上。

林棉很想让他借力一把，却又觉得无从帮起。

"陪我这么慢慢走，对你来说很累吧？"走下最后一个台阶，许汀舟道。

林棉没想到他会这么说，她都没敢问他走楼梯累不累，倒被他抢先了。

"怎么会？"她轻轻摇头。"许总，我很乐意陪您这样慢慢走，走多久都行。"

他的神情有些别扭，眼中似乎含着探寻与迷惑。而林棉自己也一霎间脸红了，她也意识到了，自己刚才的话容易产生歧义。

　　"你很好心。"许汀舟的眸子又变得宁静若水，"我已经让司机等在门外了，如果你今晚上没有别的安排，我让他送你回家。"

　　"您呢？"

　　"当然是送完你我再回家。"

　　"那样会不会太晚了？"林棉脑子里忽然转到的是他头痛发作时的样子，他的身体不是太好，也许根本禁不起疲累，"我记得附近有地铁的，我可以自己搭地铁回去。"

　　"我送你。"他不容她异议。

　　上车后，许汀舟让林棉报了家庭地址。他听了之后轻声感慨了一句："原来你也住那片小区。"

　　"许总有认识的熟人在那里吗？"

　　他没有回答她，只是轻描淡写地笑笑。

　　林棉家的这片小区建于上个世纪80年代末，房型老旧，也不像现在新造的商品房楼盘有醒目的入口处。进门处有一面矮墙，上面用铸铁镶了"国棉新村"4个大字。矮墙边上是一个小小的门卫室，负责管理进出车辆。

　　林棉熟知小区里的道路狭小，停车掉头都麻烦，因此不想麻烦许汀舟的司机特意开进去，便说在大门口放她下去就好。

　　许汀舟正要说话，眼睛却忽然凝视窗外。

　　她发现了他的异样，顺着他的视线往外看去。

　　离他们的车头不到两米远的地方，有年轻的一对男女偎依而立，男的双手一直拉着女孩的手说着什么。

"小许总……"司机老于回过头，看着许汀舟道，"这是戚小姐吗？"

许汀舟没有回答他，只沉声道："把车开进去，送林小姐到楼下。"

林棉忽觉眼前的这位戚小姐很眼熟。

她想看个仔细，便按下车窗，准备探出头去。

"别看了。"许汀舟冷声道，"她是我女友。"

林棉目瞪口呆，半晌才说："您别送我了，我自己走进去吧。"

"好吧，路上小心。"许汀舟没有再执意送她。

她走下车朝着小区里面走，心里乱糟糟的。

接着她听到了汽车引擎发动的声音。她蓦然掉转头，朝着小区门口那对男女的方向走去。

他们一脸莫名地看着突然冲到他们面前的林棉。

停下脚步的她一时间也不知道能说些什么，只是气鼓鼓地瞪着那一对。

"林棉，你在干什么？"许汀舟从车里出来，一边脚步凌乱地朝她走过来，一边扬声问道。

她看着他急促而吃力的步伐，心中的愤怒不平更甚。

"那你又在做什么？你为什么要逃？"她冲他吼回去。

"这与你无关。"他在林棉身边站定，却并不看她。

"爱多管闲事是我的权利。"林棉补充道，"我似乎也从来没有限制过你的这一权利。"

许汀舟依旧不看她，也不接她的话，反而对着戚巧玲不失风度地颔首道了句："打扰了。"

"许汀舟，我……"戚巧玲磕磕巴巴地道，"我和他是已经分手的。"

林棉气不打一处来："你们那样子叫分手？做了不敢认，最是讨厌！"

"谁不敢认？"这个不知是戚巧玲的前男友还是现任暧昧对象的男人嚷了起来，朝着许汀舟怒目而对，"分手又怎样？牵手又怎样？我和巧玲交往快5年了，要不是巧玲家需要用钱，而你家正好有几个臭钱，他会选择一个断手的吗？我告诉你，我就是来挽回她的，我不会放手，我就是要告诉她，就算再辛苦，我也会把她的家庭重担挑起来，日子或许会过得穷一点，但我不会让她吃苦，更不会让她和一个不喜欢的人在一起熬一辈子！你们别想仗势欺人！"

那番话里夹枪带棒，林棉的第一直觉就是去看许汀舟脸色反应，他却似乎一脸云淡风轻。

"你挺有志气，祝你好运。"说完，许汀舟转身就走。

"许汀舟！"戚巧玲追过来，出于本能去拉他的手，却只拉到他空空的袖管。许汀舟停住脚步，她尴尬地松开手。

"你何必跟过来。"他的话里不带任何感情。没有愤怒，没有安慰，甚至没有疑问。

"我没有想放弃我们的关系。"戚巧玲的声音低若蚊吟。

林棉看不下去了："你们的关系？可否解释一下你怎样定义你们的关系？你把许汀舟当成你的提款机吗？"

戚巧玲的样子仿佛也很委屈，一双眼睛里凝满泪水："不，我是打算一辈子敬他、爱他的。"

"打算？"林棉想也不想地道，"敬一个人、爱一个人不是件需要提早打算才能做到的事。更何况，我打赌你做不到！"

"你是谁？凭什么咄咄逼人？"

"展孟！"眼见自己的前男友朝着林棉气势汹汹地冲过来，戚巧玲阻拦了他，"别这样，是我不对！"

展孟道："巧玲，今天你也看到了，你以为嫁入豪门一生就有保障吗？我知道你不是那种贪恋富贵的女孩，你也是为家庭所累，可是，你看那些有钱人，就算缺胳膊少腿，也会不断地有女人和你争抢，你难道一辈子要过这种生活？"

戚巧玲垂首啜泣。

许汀舟道："戚巧玲，其实今天的事，我也有错。我应该早点意识到，和我交往，你很勉强，而我……坦白说，也不见得多快乐。我们之间就此了结掉也好。以后如果你母亲的病有急用钱的地方，只要数目不算太大，我可以借给你，你慢慢还就是。"

林棉看着他的侧脸，他看上去平静、坚毅、果断而又带着几丝温情，他让她困惑而感动。

戚巧玲抬起头，也是一脸难以置信地看着他，眼中泪水未收："不，你没道理再帮我。"

"你别想仗着有几个钱吊着巧玲。"许是因为受不了自己心爱的女人用温柔的眼神看着另一个男人，展孟一把扯过戚巧玲，将她拉到自己怀抱中，"你想装好人、博同情，别以为我不懂你那套！女孩子，总是比较容易对弱者心软。"

"你说谁是弱者？"林棉连连反问，"谁要博同情？许汀舟吗？开什么玩笑？他比你优秀一千倍！"

"哟，你这马屁拍得真响！想必那个有钱的残废会很受用吧？"

"对极了，"许汀舟接得很快，表情却毫无起伏，"她的话让我这个有钱的残废很受用。另外，虽然我不知道自己有没有比你优秀一千倍那么多，但有一点我有自信，那就是我做人比你强。"

起初林棉听到他说自己是"有钱的残废"时，心中还很凄然，直到听完他后面的那句，嘴角不由泛起微笑——就是这样，许汀舟，你很棒！

"可笑！"展孟翻了个白眼，"要不是靠你老子的几个钱，哪个女的愿意跟你？你身边的这个吗？恐怕到时别说恭维的话，只怕多看你一眼都嫌你样子丑陋。"

这话太恶毒、太伤人了！林棉顾不得和展孟争执，担忧而怜惜地望向身畔站立的许汀舟——不要！不要被打垮！不要被击溃！她在心底祈求着。

他恰好望着她，似乎要从她的脸上寻找什么回应。他的眼睛里有碎碎的光，沉默而又充满探究。

她忽然踮起脚，吻住了他的嘴唇。

许汀舟没有马上推开她，他的眼底有迷茫不安，却没有反感抵抗。

她的吻离开了他的唇，伴着沉重的呼吸，松开钩住他脖梗的手臂，扭头对展孟和戚巧玲道："谢谢你的提醒，让我意识到，我爱的这个男人不止很优秀、很帅气，而且还很有钱——这个优点真的很棒啊！不过，他已经有那么多优点了，就算没有'有钱'这一条，也还是有超过一百条理由让我爱上他的！也许你们不喜欢他的与众不同，那也好啊，省得大家和我争。我就不一样了，我觉得他这个独臂侠超帅的。"

林棉挽住许汀舟的左臂："快送我回家吧，外面冷死了。"

许汀舟问："你真的冷？"

"嗯，快走啦！"

许汀舟道："你先松开，我把外套脱给你。"

林棉原本想拒绝的，但想到做戏要做足，便也就依着他了。

看着他脱外套的姿势稍显别扭，她很自然地伸手帮忙。他也没有拒绝。

套上他的外套，她的心情忽然变得很好，重新挽住许汀舟的臂弯，扶着他坐回了车里。

两人待在车里，一时无话。

夜风一吹，林棉的头脑恢复了清醒。想起刚刚的一幕，她有些不敢面对许汀舟。

到了分岔路口，司机于叔问："林小姐，你家往左还是往右？"

"啊？左转，谢谢！"林棉匆忙回应道。

车子转弯的时候，林棉的身子不由自主地往许汀舟的身上略歪倒了一些，本来这也没什么，只是她想起自己今天对许汀舟的言行，不觉脸孔发热，她偷偷瞄了一眼他，他的脸色古怪，被自己碰触到的右肩膀动了动。她忙不迭调整姿势坐直了。

"介意吗？"

"什么？"她没听懂他所指的事。

他扭过头，眸子在昏暗的视野中依旧透着盈盈亮光："我的……残肢。"

林棉看到，他的右肩膀朝后缩了缩，衬衣袖子底下很短的一截手臂，伴随着肩部细微的动作微晃。

原来他误会了自己调整坐姿的原因，他竟以为她是因害怕而躲闪。

"停车！"林棉叫住司机，车子应声停下，"许汀舟，你以为我说假的是不是？"这是她第一次当面直呼他的名字。

他盯着她，表情说不出是意外还是感动，又或者夹杂着其他什么情绪。

她的脸红了红："哎呀，我承认刚才我是扯了很多谎，但有一句是真的啊——我真的觉得你这个独臂侠超帅的。"

说完，她不敢看他的反应，垂着眼道："我就这里下车了，前面第二栋就是我家。谢谢你送我回家！嗯，也谢谢你借我外套！"说着要脱下他的外套。

"不急，你再穿一会儿，我送你到楼下。"他按住她的肩膀，跟着她下车。

她脱下外套准备递回给许汀舟，想了想后又改了主意，把外套披上了他的肩膀。

他似乎有一点点抗拒，在她的手指碰触到她右肩的那刻，他的肌肉颤动了一下，但最终接受了她的好意。

"不要害怕。"她按住了那团右臂——那真的只能形容为一小团，大概只有寸余长，在衣物的隔离下，她也感受得到它的残缺，"因为我也一点儿都不怕。"

他原本略带瑟缩的双肩舒展开，整个眼眉也仿佛亮了几分，整个人站得笔直，休闲的西装外套只是这样披着，就显得人很精神。林棉由衷赞叹道："真好看。"说完又觉不好意思，着急跑开了，边跑边扭头朝许汀舟喊道：

"拜拜，许总！"

他的唇角勾起一抹浅笑："拜拜。"

林棉刚把钥匙插进锁孔，还没来得及转动门把，房门就被母亲肖欢蕊从里面打开了。

肖欢蕊看上去不太高兴。林棉感觉得出来，但猜不透缘由。

她也不敢多话，向母亲打了个招呼就朝自个儿房间里走，准备拿上睡衣冲澡。

"棉棉。"母亲跟着她，"今晚送你回来的是谁？"

"我老板啊！"她不觉得有何不妥，便诚实回答。

"我在窗户边看着，没看太清楚，这人……是不是少一条胳膊？"

虽说母亲说的那是事实，林棉心里有点难过："嗯。"

肖欢蕊盯着她："你怎么和他那么亲密？"

"有吗？"林棉有些心虚，暗自庆幸幸亏母亲只看到她为许汀舟披衣的一幕，要是看到之前她儿算是"强吻"的举动，那家里才要炸锅呢！"我今天有事加了会儿班，他好心让司机送我回家。我有点感冒，他就好心把衣服借给我披了。他的手不是很方便，还衣服给他的时候，我就顺手帮他披上了。"为了防止母亲继续胡思乱想，她扯了个谎。

"嗯，他不方便，你举手之劳也没错。不过，和人交往你得有分寸。他是你老板，过于亲近，惹人闲话不好。而且，自己也是有男朋友的人了，也该注意点。万一一个不巧，引起误会，好好的姻缘就给搅黄了。"

林棉几乎都快忘了今晚刚和关柏延撕破脸皮的事儿，经母亲这么一提才想起来。关于她的人生大事，肖欢蕊盯得紧，加上之前又约好了周末让关柏延来家里吃饭，算是预备见家长了。都到了这一步，总该给母亲一个交代。

"妈，"她试着组织语言，"我和关柏延已经分手了……"

还没等她继续解释，肖欢蕊就急了眼："你这孩子怎么回事？小关这小伙子条件不错，之前不也说谈得好好的，怎么说分就分了？你是不是和人乱撒小孩子脾气？能早点讲和就早点讲和，拖下去可就真过了这村没这店了！"

林棉简直无奈又委屈："妈，你怎么不分青红皂白就知道数落我？我本来都打算带他上门了，你说我态度端不端正？突然分手当然是有充足的理由的。"

"好，我听听你的理由是什么？"

"如果一个男人，一面和你交往，一面又去勾搭别的女人，这叫什么？"

"你是说小关脚踩两只船？你亲眼见的？"

林棉道："可不是！更可笑的是，他居然还和我大言不惭地说仍然打算和我结婚，和另一个女人只是出于某种目的各取所需。妈，我知道你想我早点嫁人，我也想找个好男人嫁了，可找这样的人，不是嫁人，那是入坑！"林棉为了不让母亲心里难受，已经过滤掉了关柏延那些更为不堪的说辞。

肖欢蕊不说话了，半晌才闷声闷气地道："什么恶心人的东西，亏得早发现！"

见母亲全然接受了她的解释，林棉也舒了口气，抱着肖欢蕊的胳膊开始摇晃撒娇："我答应你，一定再接再厉，争取早点把自己嫁出去，好不好嘛！"

肖欢蕊脸色舒展了些："这还差不多。"

林棉问："小谷睡了吗？"

"早睡下了，之前还想等你回来给她讲故事，后来太困了，就睡了。"

"那我不吵醒她了。"

"你也早点洗好睡吧，明天还要上班呢！"肖欢蕊道，"对了……你那个老板多大年纪？"

林棉仰天长叹："妈呀，你不会打主意打到他身上了吧？"

肖欢蕊看上去还真像是认真作答的模样："你不是说你进的是家大公司吗？那你老板还挺年轻有为的。本来吧，这样的人如果对你有意思，我是觉得挺好。就是看他残疾得有些严重，我心里倒也不很乐意……"

林棉哭笑不得："妈你想多了，他才看不上我这个菜鸟呢！"

肖欢蕊说："那你呢？对他有没有想法？"

林棉愣了愣："我哪敢有非分之想！"

肖欢蕊不太满意她的回答，摇头道："他条件很好吗？当然，论家境和工作是比我们好一大截，可他自身条件差呀！论到'非分之想'四个字，你俩指不定说谁合适呢！"

林棉噘嘴："什么叫人家'自身条件差'，除了少条胳膊，腿有点跛，又有什么了！"

"啥，腿也有毛病？"肖欢蕊啧啧摇头，"我刚黑乎乎的也没看清！那可真不行了，你可得和他保持距离。再有钱，没有好身体，也照顾不到家庭，眼下已经有个小的够麻烦了，再弄个大人也四体不全的，你这辈子都翻不了身了！"

"您说的请求，是要我和许总交往吗？"

"不，我的请求是，希望你们结婚。"

"您······您这想法也太超前了吧？"

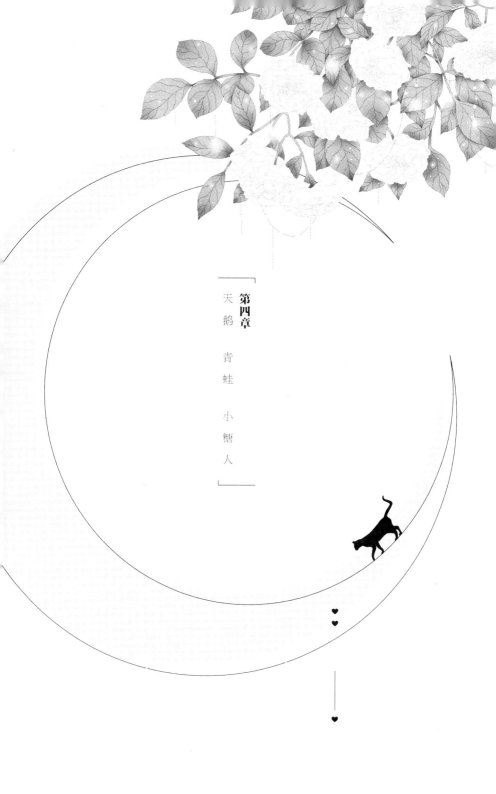

第四章

天鹅　青蛙　小糖人

之后的几天，林棉过得很平静。工作日照常上班，双休日在家陪陪母亲和小谷。直到周日晚上，接到沈乔打来的一通语焉不详的电话，似乎在预示着她几乎没有波澜的生活将被打破。

　　沈乔打来电话的第一句话就很不寻常："你和许汀舟之间是不是有什么事？"

　　林棉心里咯噔一下，不确定对方知道些什么，只好打哈哈道："说什么呢！"

　　"我可给你提个醒，许老先生可向我和汪豫都打听过你的情况了。"

　　"哪个老先生？"

　　"还能是谁，当然是许汀舟的父亲！"沈乔道，"能惊动他老人家打听的人不多，我想你并不认识他，他也不太有可能认识你，更不可能对你的背景无缘无故起什么兴趣。唯一的解释是，他是为了别人打听的。但我想来想去，他能为了谁？谁能让他这么在意？他这辈子最在乎的，只有他这个儿子了。许伯父知道我和汪豫和许汀舟是朋友，也知道我们都认识你，所以才会来向我们打听。他是个精明的商人，也是一个爱子如命的慈父，如果你和许汀舟之间没有任何联系，他不会无缘无故这么做的。"

　　林棉越听越觉得沈乔分析得有道理，然而自己欲再往下想，又变得越来越理不清关节。

"林棉，你是不是和许汀舟有些什么……暧昧？"沈乔斟酌着用词，小心翼翼地问。

林棉惊叫着否认："没有的事！"

沈乔道："我打电话来也不为了八卦，实在也是有些担心你们。若是你们之间啥事儿也无，可能是有什么让老先生产生误会了。走着看吧，也许老先生会直接找到你那儿去，你心里也有个底，别一下子被吓着了。"

林棉光想想就有些紧张，虽然完全不知道接下来会发生什么，但这点才更让人心神不宁。

此后的几天照旧没有任何惊喜或惊吓。就在林棉快要淡忘沈乔的"温馨提示"之际，她接到了许远山的电话。

要不是有沈乔提前预告这种可能性，她大概会表现得更吃惊。对于如何取得她的号码，她毫不惊讶，作为这家公司的大股东，要得到一个员工的资料太容易了。更何况，据沈乔的说法，他已经提前向她和汪豫打探过她不少消息，手机号码恐怕只是最基本的信息。

电话是许远山亲自打的，邀她中午到公司附近的一家咖啡馆见面。又很抱歉地说暂时不想让许汀舟知道他与她的约谈，因此越低调越好，就不派车来接她了，让她自己打个车过去。

"许老先生，"林棉的舌头有些打结，"我可以问一下，您约我见面是为什么事吗？"

电话那头的声音沉稳而慈祥："林小姐，我知道这很冒昧，这事电话里一时半刻说不清，总之我没有恶意，我为的是我的儿子。"

"许总？"林棉下意识地握紧了手机，"他有什么事需要我帮忙？"

许远山的声音在电话里听来似乎轻笑了一声："嗯，也可以这么说。"

林棉不再犹疑："好，许老先生，我会来的。"

"暂时不要惊动汀舟。"挂断电话前，许远山最后嘱咐道。

林棉照办。

许远山看到她走进咖啡厅，竟亲自从座位上站起，迎着她过来了。

林棉虽没见过许远山，但看着这个男人朝自己的方向来，长得又和许汀舟有七分相似，年龄也差不多吻合，便知道他就是许汀舟的父亲。

"您好！"看着对方笑脸相迎，她有些受宠若惊。

"林小姐，这边请坐。"

许远山吩咐侍者上了些甜点和咖啡，转而对林棉道："我知道是你午休时间，但我又不想占用你晚上的私人时间，冒昧做主给你点了些简餐，今天主要是找你谈些要紧事，以后有机会，我很愿意好好请你吃个饭。希望你理解。"

他的客气让林棉更加忐忑："许老先生您太客气了，我中午吃得很随便的。您有什么话只管说。"

"那我就开门见山了——"许远山道，"你对我儿子印象怎么样？"

还好咖啡还没上，不然此时嘴里若是含着一口，恐怕林棉会形象尽失地喷出来。

这种对白的潜台词，她还是能听懂的。

"许老先生，是不是对我有什么误会？"林棉抓了抓耳垂，有些无奈。

"不见外的话，叫我许伯伯好了。"

"许……伯伯，"她艰难改口，"或者说，我误会了你问话的意图？"

"不，你没有。"许远山看着她的脸，说，"你是个聪明孩子，应该知道我的心思。"

"我好像是猜到一些，可我不太明白啊！"她一脸尴尬和无辜，"不，应当说，我完全不明白到底是什么让您产生了误会。"

"小林，你不要激动，"许远山倒是很沉着镇定，"听我慢慢和你说。"

林棉其实觉得今天的这次见面蛮荒谬的。如果是过去，她一定觉得这种情节只会发生在影视剧里。如果今天请她的不是许汀舟的父亲，恐怕她早就拂袖而去了。

"小林，我可以这样叫你吧？"在得到肯定的许可后，许远山继续道，"汀舟的伤是怎么造成的，你可知道？"

"听说过一些，但不知详情。"想到他的伤残，她的心思、她的声音都变得柔软。

"大二暑假的时候，我带他去的高尔夫球场。"许远山的眼睛里有了一抹浑浊的湿气，"突然而至的一场雷暴雨，他被闪电击中，电流从右臂贯穿到了他的左腿。结果就是，右臂截肢，左腿也受了严重的损伤。你应该看得出来，他的膝盖和脚踝都不好，肌腱也损伤得比较严重。普通人像他这样程度的伤残，多半是要拄拐的，可他却坚持复健，又自己琢磨了些技巧，这才能离了拐杖行走。他说过：自己只剩一只手了，不能用来拄拐用，那样就太浪费了。"

林棉的眼泪不争气地掉在了桌面上。

"他原来是预备做雕塑家的啊！"许远山哽咽着叹息道。

"我知道，听他提过。"

"他和你说过这些？"许远山讶异。

"提过。"她说，"不过，我觉得他做什么都可以成功。"

"不，"许远山悲戚地摇头，"尽管不乐意，可我必须承认，变成残疾的他，有很多事情力不从心。可我多么希望，至少他的身边有一个人能真正懂他、疼他，他也不必一个人什么都忍在心里。可是这也很难，他的情况，很多女孩子都接受不了，能接受的女孩子，又大多出于其他的目的。汀舟是那么骄傲的一个人，他受不了别人勉为其难又或别有所图才和他在一起。"

她赞同许远山的话。她怎么会看不出许汀舟的骄傲？他也有资格保有这份骄傲的，不是吗？

"许伯伯，会有好女孩心甘情愿地和许总在一起的。"她的话出自真心，并非只是口头上的宽慰。

"你真这样想？"

"真的。"她的一双大眼睛亮晶晶地注视着许远山，不住点头，"不知道为什么，您也好，许总自己也好，总把他的缺陷放得那么大，我可不觉得。"

"那么，你愿意尝试和他在一起生活吗？"

"哈？"林棉着实惊呆。

"我是说——尝试。"许远山强调，"你愿意给他一个机会吗？"

"这不是我说了算的吧？"她下意识地喃喃道。

"当然，如果你这头同意了，我也会和他去谈。"

"不不不！"要疯了！她可不想失去这份工作，更不想被许汀舟当成

"癞蛤蟆想吃天鹅肉"的笑柄。

一点没错！折翼的天鹅就不是天鹅了？他还是只高贵无比的天鹅好吗？

许汀舟与她之间，分明是云泥之别！

许远山又道："小林，坦率地说，我调查过你。你家里的情况，我都清楚。"

"所以您看，我俩并不合适。"林棉倒是不生气，反而顺着他的话道，"我只是工薪家庭出身，而且父亲早逝，更重要的一点是，我还有个孩子。这种条件，和许总实在不太匹配。"

"你说的是真心话还是客套话？"

"句句属实。"林棉敢拍胸脯。

"说到汀舟，你说是我们把他的缺陷放得太大，怎么说到你自己，你倒反而不自信了呢？"许远山微笑道，"比起汀舟的自身残疾，你那些外在的家庭负累又算得了什么？何况，你敢不计较回报，收养一个弃婴，这就证明你是个有担当、有爱心的女孩子，这不是坏事。"

他的话让林棉心中感到温暖："谢谢您，许伯伯。其实，我也没有您说得那么好。当时收养小谷，与其说是我有担当，不如说是我太冲动、太幼稚。我并没有把今后的困难想得很细，事实上，如果没有我妈帮忙带孩子，我一个人都不知道怎么办。我妈常说，我这献爱心是建立在剥削她劳力的基础上的，我觉得她说得没错。我也挺愧疚的。"

"那你后悔过自己当时的选择吗？"

"那倒没有。"她说，"我只是想尽早能够凭借自己的力量抚养好这个孩子，可我这个人能力比较差，还不知道什么时候能做到这一点。"

"你也别觉得惭愧，要说现在这社会，即便很多成了家的子女，也还要上一代来帮忙带孩子的。年轻人忙事业，哪里有空一天到晚围着孩子转，除非是全职主妇，那毕竟也是少数。"许远山话锋一转，"如果你和汀舟成了，你要上班也罢、做家庭主妇也罢，我总是支持的，关于孩子的日常照顾和教育问题，你不会有后顾之忧。你的孩子叫小谷是不是？今年也该入幼儿园了，许氏这几年也有涉足教育，文心双语幼儿园你听说过吗？我可以安排小谷入学。"

林棉张口结舌。她在心里告诉自己要拒绝，嘴却张不开。她的沉默许是给了许远山希望，他又道："小林，我知道我提出这一请求很冒昧，甚至，显得不是很礼貌，可是，身为一个父亲的私心让我还是这样做了。你放心，我可以承诺你的是：我们许家不是一个牢笼，我只是希望你给汀舟一个机会，如果你最终要离开，随时都可以。"

她强迫自己平静下来，问："您说的请求，是要我和许总交往吗？"

"不，我的请求是，希望你们结婚。"

林棉再也无法佯装镇定了："许伯伯，您……您这想法也太超前了吧？"

"是有一些过分。"许远山并不否认，"可我想明白了。瞻前顾后又如何？也未必于汀舟有什么好处。他曾经是个果断、自信也很温暖的孩子，自从那次意外以后，性格发生了很大的改变，在很多事情包括感情上，都裹足不前，而我理解他的顾虑，因为，我也不乏同样的顾虑。可是，你的出现让我想尝试改变自己，也改变他对生活、对感情的态度。"

林棉不免好奇："您凭什么认为我能有这么……这么大的'功效'？"

许远山道："不，我不确定这次尝试的结果会如何，也不需要在你这里求得保证。不过，我也并非毫无把握，相反，我挺看好你们的未来。"

林棉想来想去，也只有那晚在自己小区门口主动亲吻许汀舟的那件事会引起许远山的误会了。只怕是当晚开车的司机传了消息。她解释道："如果是因为我对许总做了什么不恰当的举动，让您产生误会了，我向您道歉……"

许远山摆了摆手："我大概能猜到当时的情况。你是要告诉我，你和汀舟并非恋爱关系，你那样做，是出于……解围？差不多是这样的意思，对吗？"

是，又似乎不全是。林棉的脑子有点混乱。

"我很了解，所以我才说，那是一个尝试。我知道，这对你来说，风险很大。一旦失败，你也会蒙受很大的损失。你若是拒绝，也是人之常情，我只是希望你好好考虑一下我的提议。"许远山喝了口咖啡，目光灼灼，"你有什么要求，也可以提——这话听着很势利，可我是个生意人，既然这件事是我拜托你，就该用我熟悉的方式来打动你。"

林棉说："我没有要求。"

无聊的时候，林棉也没少看一些泡沫剧，看到那些富豪之家砸钱劝家境不好的女主角离开自己儿子的剧情时，她总是感同身受般觉得那是一种羞辱。但是，当今天许远山慈爱有礼地对自己说出类似的话时，她的心中并无愤懑。她的第一反应只是澄清自己并非为了争取更优惠的条件而拿乔。即便许远山的话究其本质有些唐突失礼，她也愿意给予一个慈父最深的谅解。

"那么，你先听听看我说，怎么样？"见她张口欲阻的模样，许远山打断道，"小林，只是听听看，不会有什么损失的。"

林棉无奈闭嘴。

"只要你愿意给汀舟3年的时间，无论往后你能不能陪他走下去，小谷从幼儿园到大学毕业的学费、生活费都将由许家承担。当然，如果本科毕业以后，小谷还想继续深造，之后的费用我们也会承担，出国留学也可以。至于结婚时的彩礼、婚后的零花钱，或者离婚后的赡养费，你只管提要求。另外，如果汀舟够有福气，你们琴瑟和鸣、生儿育女，我会给你10%的许氏股份，外加1000万现金奖励。"

林棉吸了口气，问，"这是您开出的条件，我为此需要尽的义务是什么？只是嫁给您的儿子？而且还是设了期限的？"她傻傻地加了一句，"您知道吧？本来也没什么人愿意娶我。"言下之意，这买卖您怕是要亏。

许远山温厚地一笑，似乎看穿了她的心思："女人3年的青春很珍贵，我们许家怕是还占了便宜的。"

条件很诱人，但林棉的自尊心不允许她点头。

她的三观告诉她，无论这看上去多美，这始终是一个买卖婚姻。走入这个婚姻里，她和许汀舟的关系注定是不平等的。她不是个女权主义者，但她毕竟是一个现代女性，她不能接受这样的夫妻关系。

"对不起，许伯伯。"她站起身，说："午休时间有限，我要回去上班了。"

许远山显得很淡定："我不方便送你过去，真是不好意思害你这样来回一趟。"

他坚持将林棉送到门口，亲自替她拦了的士，又送她上车离开。

尽管如此，回到公司的时候，也已经过了正常的午休时间。

一进办公室，苏心蕴就对她说："许总在办公室等你。"

她的神情难懂，有些欲言又止的味道。林棉一时也顾不得揣测，先着急忙慌地去许汀舟的办公室报到。

"许总，您找我？"

他没有马上回应她，脸上的表情看不出是在思考还是走神。

"许总？"

她有些担忧地轻唤了一声。

"对不起。"他抬起眼看着她说，"我为我父亲的鲁莽向你表示歉意。"

这父子俩真真都是消息灵通人士！林棉暗叹。

"没事。"她被他们父子两个弄得没了方向，一时不知道该说什么，只好傻乎乎地回了这两个字。也许，在她心里也不认为这是什么值得一本正经道歉的大事。

许汀舟怔了怔："我父亲的胡话，你别当真就行。"

"哦，不会！"她连忙接口道，"我知道自己几斤几两，就算我肯，你也不会同意的。别说3年，就是10年，也只是浪费你的时间。"

许汀舟蹙眉打断道："什么3年？"

林棉咬牙，看来，许汀舟只是听到一些风声，并不知道细节，只是既然自己说漏了嘴被问到了，也只好老实交代，又把许远山所说的3年为期的种种条件复述了一番。

许汀舟耐心地听着，表情平静。听她说完最后一个字，才道："像他会做的事。"

"你……你别生气。"林棉小心翼翼，生怕不小心点燃了一个炮仗。

"你不生气吗？"他反问。

她认真想了想："如果有人事先告诉我，会有一个有钱人这么对我，我大概会生气吧。可是现在我好像并没有那么生气。"

"为什么？因为那些条件够诱人吗？"他的声音里带着一些探究意味。

"因为我觉得，你的父亲并非纯粹在仗势欺人，他所仰仗的，固然有他的财力，可除此之外，支撑他来找我的另外一股力量，是身为人父的慈爱之心。另外，以他的身份，他或许难免以高高在上的心态俯瞰我这个一无所有的小市民，但他也并没有把我踩在脚底下羞辱。他挂出了他的那些条件，等着我踮起脚尖去摘，他把选择权留给了我，也没有强塞给我什么的意思。就凭这些，我觉得，我可以原谅他的失礼。"她顿了顿，脸孔有些微红，仿佛是想到了什么不该有的念头，可不知出于什么理由，她还是在他面前把自己的小心思吐了出来，"而且，我承认，你父亲开出的条件是很诱人，有一瞬间我甚至动摇了。"

他的左手握成拳，抵在自己的下巴上，双眼注视着她道："因为那些条件，你甚至愿意嫁给我这样的人？"他的重音强调在了最后5个字上。

她听出来了。他的话让她莫名地生气："也许正因为对方是你，不是其他什么乱七八糟的人，我才会有一瞬间的动摇。"

他的拳头渐渐松开，手臂放到了桌面上，嘴唇的轮廓也变得很温柔。

"听上去你并不讨厌我。"

"的确如此。"她说，"你对我呢，许总？"

"唔，不反感。"他说，"也就这样了吧。"

林棉看出了他嘴角微露的笑意，因此对他的回答也并不生气，跟着笑道："这一点上我们倒还挺合拍的。"

"如果将来你走投无路想接受我父亲的美意，我说不定可以考虑一下与你配合。"

"听上去有点勉强啊！"

"是有点儿，"他带着些许刻意的一本正经说，"跟你一样，就因为对方是你，我没准才愿意稍稍勉为其难。"

林棉一抬腕表，拱手道："那就在此先行谢过少侠了，在下先行告退。"

林棉回到座位上不久，沈乔的Lync对话框就在桌面上亮起，她瞅了瞅周围，确定无人关注后才点开。

料到多半是要聊她与许汀舟的八卦，果然不错。

沈乔：老许总行动了？

林棉发了个绿色的尴尬脸表情。

沈乔继续打字：我刚来你座位找你了，听说你被许汀舟叫进去了？

——嗯。

她不知道怎么解释目前的状况，也不敢多话乱说。

隔了一分钟，沈乔才又发过来一句：去天台聊会？

林棉本觉得工作时间闲聊不妥，但此刻她正好也有些静不下心、想找个人说说话，便答应了。

沈乔走上天台的时候，手里拿了两罐汽水。林棉早她一步先到了那里。

沈乔伸手递了一罐汽水给她："许汀舟怎么说？"一上来她便问了这个问题。

"他当然是拒绝啦！难道还能跟我说他父亲的安排'好极了'？"

沈乔不疾不徐地道："许伯伯向我和汪豫打听你的时候，没说起为什么他会想到这个主意。但以我对他的了解，他不是会打无把握之仗的人。所以，我很好奇，你和许汀舟之间真的有什么事？"

林棉当然不敢说自己主动亲吻许汀舟的事。但她也不想让沈乔胡乱瞎猜，便有选择性地说了一部分事实："我想，可能是前几天我失恋，许总送我回家，让司机看见又传给许伯伯听，难免添油加醋些，就产生误会了。"

"你失恋这件事和许汀舟有关？"

"没有啦，只是那天刚好……刚好在餐厅遇上了。许总替我打抱不平，又送我回家，可能误会就是这么来的。"

"他不像是会多管闲事的人啊……"沈乔带着玩味探究的神情，"尤其这种别人感情方面的事，他根本不会插手的。"

"我也觉得他不像是那种人。"林棉道，"他自己大概也挺后悔惹上这种麻烦事的。"

沈乔问："话说回来，你就真的不考虑？"

林棉一脸窘色："别别别！你可别拿这事儿和我打趣。"

"说实话，我有点理解许汀舟老爹的想法了。"沈乔呷了口汽水，仰头望着天上的白云，"不过，身为你们的朋友，我不太看好你们。"

"为什么？"话一出口，林棉就觉得自己的问题很傻。沈乔的话应该是个基本事实吧，从哪里看她和许汀舟都不合适。

沈乔扭过头，平视着她："有些事不方便让你知道，毕竟那是许汀舟的隐私。我只能说，他这个人对待感情是很执著的，你的感情生活可能会变得很辛苦。不知道这么说你会不会不开心：我还挺怕你对许汀舟真的上心了的。因为我不知道这对许汀舟来说会不会是好事，但对你而言，应该不算幸事。"

林棉忍住再次问"为什么"的冲动，心里却恍如蚂蚁爬过。

沈乔甩了甩头，显得对自己很无语："唉，我这个说客竟然做得这么失败！许伯伯要是知道了，非得气死不可。"

"什么？"林棉惊曙，"你是说你原本是来替许汀舟的父亲当说客的？"

"可不！"沈乔一脸懊恼地挠头，最终把头一昂，"算了，谁让我这人良心公正呢！虽然和许汀舟认识得早，可我也不能把你带坑里啊！走吧，下楼上班去。"说罢，钩住她的胳膊，挽着她离开了天台。

林棉刚走回办公室，苏心蕴就跑过来和她说："你走开的时候你的手机一直在响，我看了眼号码显示是你妈妈的，我怕是有什么急事，你赶紧回个电话。"

情况的确有点反常，若无急事，她的母亲很少会打她电话，尤其还是持续不断地拨号。谢过苏心蕴，林棉赶紧回拨了过去。

"妈？"电话一通，林棉就急急地唤了一声。

"小林啊，我是隔壁张阿姨啊！"

"张阿姨？哦，你好，你怎么会用这个号码打我电话？"林棉立即预感到事情不妙，不由得声音也有些发抖。

"哦，你妈现在在医院呢，医生说是急性阑尾炎，已经那叫什么……哦，说是穿孔了，要动手术。你快点过来。"

"好好，你把医院地址给我。"林棉一面扯了张便笺纸记下地址，一面谢过邻居张阿姨，并央求她暂时照看她的母亲。

挂断电话，林棉就惨白着一张脸去和许汀舟请假。

"才一会儿不见，你怎么了？"没等她开口，许汀舟就发现了她状态不太对，皱眉问道。

林棉说清了缘由，又提出要先请两天假。许汀舟爽快应允，并说："你且先别走，我打个电话让司机送你去医院。"

"这怎么好意思？"她说，"而且，你要是这么做了，保不齐会让你父亲更加深对我们的误会。"

许汀舟毫不迟疑地道："这种时候，哪里顾得了这些。你看看你自己六神无主的样子，我可不希望你走出门去就出工伤了，我们公司可是要负责的。"

他的语气不太温柔，可字里行间的意思却充满善意。

林棉领了他的这份善意。

"需要用钱吗？"许汀舟问，"住院、手术都要交费的吧，押金也不少，你身上钱够吗？"

林棉的全部现金加上银行卡里的存款，也不超过3000块。

见她不说话，许汀舟从皮夹里掏出一张银行卡："密码是……"

"别！"林棉制止他报下去，"卡我收着，但是密码你还是告诉你的司机师傅比较好。我用完了，再把卡还给你。"

"也好。"许汀舟把卡交到她手上，"你先去楼下等，我现在打电话让司机把车从停车场开出来。"

多亏了许汀舟的这张卡，加上司机于师傅在医院帮忙跑上跑下，林棉的母亲当天很快接受了手术。虽说是小手术，也得住院几天。

林棉心中感叹世上还是好人多，对许汀舟、张阿姨和于师傅都感激不尽。尤其是张阿姨，都说远亲不如近邻，这种时候真是得到了体现。要不是张阿姨买菜时在菜场围观的人群包围中，发现了疼得脸色发白蜷成一团的母亲，并且及时将她送医，还不定要出多大的事。张阿姨还通知了自己的老伴儿把小谷接到了家里帮忙照看，算是暂时解决了林棉的后顾之忧。只是未来这几天，林棉不免发愁自己该怎么几头兼顾。这家里老的小的都离不开人，总是麻烦邻居，不太现实。何况，张阿姨和她的爱人明天晚上要和儿子媳妇一家去泰国度假，小谷肯定不能放在他们家里了。

林棉在手术室外等母亲出来的时候，就给自己的姑姑打了个电话。她的父亲只有这一个妹妹，离她所住的小区也不远，林棉想着或许她能帮忙看顾小谷几天。

电话打通，姑姑那边倒也答应了帮忙，只是说："我们家的条件你是知道的，家里地方小，你姑父身体又不好，你勤勤哥最近刚失业，你侄子比小谷还小，还要靠我带呢！要是小谷只待一两天玩玩，那是可以的，再久一些，恐怕我们照顾不过来。"父亲过世多年，姑姑与她们联络不算热络，但也谈不上交恶。姑姑的话缺了点人情味，但也不全是托词。只是林棉听了还是有些心寒。

这种时候，她也不好使性子摆脸色，只好在电话里对姑姑谢了又谢，打算明天早上抽空把小谷送过去。

她打电话的时候，于师傅也在旁边陪着她等手术结束。见她挂了电话，关切道："在和人商量这几天照顾孩子的事儿？"

林棉等手术灯灭等得紧张，有人说话倒有助于缓解这份情绪。加上刚才于师傅又是送她来医院，又是帮忙取钱付费，态度十分热忱。虽说这是在卖许汀舟的面子，但帮的人到底是她。原本她心里怀疑是由于司机多嘴传话才让许父误会的心结便立时解了。她回道："是啊，我今天肯定是要陪夜的，后面我还要两头跑，总让邻居照顾小孩也不是个事，只好拜托亲戚帮忙几天了。"

　　于师傅道："说得也是呢！我听你刚才说，你要早上把孩子送到你姑姑那里去？依我说，你也别麻烦了，你要是信得过我，我今晚上就把孩子给你送过去。你家小区我也认得路。你把你邻居住几零几告诉我，我去上门接孩子。她今天也见到我了，应该会放心把孩子交到我手上的。当然，你还是得打个电话提前和人招呼一声。"

　　林棉觉得今天已经挺麻烦于师傅了，但是，这一天下来，张阿姨恐怕被折腾得够呛。明天张阿姨一家还得出国旅游，没准今晚还得收拾收拾行李什么的，小谷虽然素来乖巧，但毕竟是小孩子，难免有时闹腾。要是惹得张阿姨和她老伴儿今晚睡不好，继而影响第二天旅行的精神，她可要内疚了。想到这里，她决定接受于师傅的建议。

　　"好的，于师傅，那就麻烦你走这一趟了。"

　　于师傅一拍大腿，乐呵呵地道："成！"

　　要说张阿姨真是挺负责的一个人，于师傅上门来接小谷的时候还特地给林棉打了个电话，得到确认后才把孩子交到他手中。

　　隔了半小时，林棉估摸着于师傅也该把小谷送到了，便给姑姑家打了个电话。谁想她姑姑回道，根本没有见到孩子。

林棉急了，一时间什么坏的可能性都涌上脑门。她赶紧拨打了许汀舟的电话，询问于师傅的手机号码。

　　林棉打过去，于师傅竟然没接。

　　她的心脏都快停跳了，好在没隔一会，许汀舟的电话来了。

　　"真不好意思，让你着急了。不过孩子好好的，就是……"许汀舟有些支吾，"就是于叔自作主张把他领回我家去了。"

　　林棉几乎怀疑自己耳朵出了问题，重复了一遍许汀舟的话，得到确认后，她哭笑不得。

　　"你现在不在家？"她问。

　　"我在自己住的公寓里。"他说，"小谷是被带到了我爸爸那里，那里有保姆可以照顾孩子。我本来是想立即把孩子接出来，可后来一想，这样也太折腾孩子了。而且，我听于叔说，你亲戚家条件有限，也不是很方便照顾孩子。倒不如让你孩子安心在我家住一晚——哦，就是多住几天也没有关系的。"

　　"那怎么好意思！"林棉道。

　　"只要你不介意就好。"许汀舟说，"你放心，我明天去我爸爸那里替你看看孩子，你方便的时候，也可以过来。什么时候要接走，你自己看着办就行。"

　　林棉想了又想，这个安排其实还不错。不知道为什么，她觉得把小谷放在许家照看很安心。

　　"林棉？"良久未收到答复的许汀舟唤了一声她的名字。

　　"好，"她说，"等我母亲这里能离得开人了，我就立即去把小谷接回家。这几天，先麻烦你们了。替我谢谢许伯伯！"

"你吃过饭没有？"她正准备收线，却听他在电话那头突然这么一问。

被他一问，她才觉得肚子有点饿了。从母亲开始手术到现在推进病房，她还真没有顾得上自己的肚子。

"嗯。"她猜他多半是出于礼貌才有此一问，也就含糊地答了他。

他也只是说："哦。"

"谢谢你，许总！我先挂了。"

"再见。"他挂得很干脆。

过了不到一小时，于师傅出现在了病房里。

他憨厚地笑着，让林棉完全不忍责怪他的自作主张。何况，她是这个"主张"的实际受益者。

他的手上端着一篮食盒。

"许总让我给你送点吃的过来。"

看着保温食盒里装的蛤蜊意面和果汁，她惊呆。

然而于师傅接下来的话让她更为震惊："许总自己做的面，果汁也是家里的榨汁机鲜榨的，一做好就给林小姐你送来了。"

林棉直到于师傅离开医院，都没有向他和许汀舟致谢，因为她全然忘了。

直到开始吃这份面时，她才想起来应该给许汀舟打个电话。

许汀舟听到她的感谢，语气显得很淡然："这没什么的，我原本今天也打算吃这个。钟点工阿姨临时有事请了假，我也不想叫外卖，正好阿姨早上在盆里养了些花蛤吐沙子，家里又有意面，我就拿来炒了。还好，这个不难做。"

林棉还是有点想不通："你怎么猜到我没吃饭的？"

"我只听出来之前打电话那会儿你还没吃，我倒是也想到你挂了电话可能就会去叫个外卖什么的。不过我想，万一你一个人不放心走开，傻傻地守在病房，那不是要饿到早上了？就算你叫了外卖，我让人多送一份过来，大不了就是浪费点罢了。谁知道你真还就没吃，我这算不算雪中送炭？"

林棉觉得自己快要哭出来，声音也有点抽抽起来："唔，你怎么能这么好……"她说的是发自肺腑的话，也就完全没考虑过这话是不是有点肉麻。

好在许汀舟似乎也不在意，反而在电话那头轻笑起来，说："是不是有助于扭转你对万恶资本家的不良印象？"

林棉这会儿闻着意人利面的香味，口水都要流出来了："好了许总，我先吃面啦！看上去好好吃呀！"

许汀舟道："你都还没开动？我挂电话了！"说着真的就挂了。

林棉放下手机，笑着拿起餐盒里放着的意面叉。

当肚子填饱的那刻，这一天如打仗似的紧张忙乱感，似乎得到了抵消。

肖欢蕊的手术结束于傍晚，临近半夜，麻药劲便过了。

林棉听到母亲轻声叫她，忙凑近问感觉如何。

肖欢蕊说话还有点有气无力："我还好。你和小谷吃过饭没有？"

"我吃过了，小谷在姑姑家。"林棉很感动，母亲就是嘴硬心软，这种时候了，第一个想到的还是她和小谷有没有吃饭。她不想让母亲这种时候还七想八想，便隐瞒了实情。

没多久，肖欢蕊又睡了过去。林棉也坐着开始打瞌睡。

第二天一早，肖欢蕊醒来见女儿还在病房里，便问她怎么不去上班？

林棉说自己已经请了假，肖欢蕊这才放心，又说自己其实没有大碍，医院里有护士照顾，让她早点回去工作。

见母亲精神还不错，林棉便抽空去盥洗室洗漱了一番。到底还年轻，将就着睡了一夜，竟然未显得特别憔悴，稍稍收拾了一下，便又感觉充满了元气。

想到今后起码三五天内母亲需要人照顾，自己恐怕没法完全兼顾得过来，因此还是去护士站请了个临时护工。随后，她向护工交代了一下注意事项，准备回家一趟拿点日用品。

刚走到走廊上，就看到小谷一边喊着"妈妈"一边朝自己走过来，一只小手还搀着一个熟悉的身影：这不是许汀舟又是谁！

小谷步子虽小，但走得挺急，林棉见许汀舟走得蹒跚，怕他被孩子硬拉着走得累，就赶紧迎上前去，一把牵住了小谷的手，蹲下身说："小谷你怎么来了？"

"我想妈妈还有外婆了。"小谷奶声奶气地撒娇道。

许汀舟笑道："我今天一大早就去了我爸那里，就听他说，小谷昨天半夜就嚷着要妈妈和外婆了，我爸就非让我把孩子送到医院来看看你们。"

林棉不安道："真是不好意思耽误你时间了。"

"小事。"许汀舟飞快转换了话题,"对了,你妈妈怎么样了?"

"小手术,麻药已经过了,精神也还不错。医生说只要排气了,就能吃流食了。"

"那就好。"他说,"你快带小谷去看看她外婆吧。"

林棉问:"你现在是要回公司上班?"

"是。"

"那你快走吧,谢谢你特地跑这一趟!"

许汀舟点点头,转过身要走,却被一只小手抓住了右边的袖管。

许汀舟回过脸,低下头柔声问:"小朋友,你还有什么事吗?"

"叔叔陪。"小谷眨着大眼睛说。

"小谷别闹……"林棉轻轻拿开小谷拽着许汀舟空袖管的手,又对许汀舟道歉,"不好意思,孩子小不懂事。"

许汀舟道:"她倒是不怕我。"

"为什么要怕你呢?"林棉一时真是没听懂他的话,回味了一下才明白他说的是自己的身体残缺。她有些心疼,也有些生气。随即问小谷,"告诉妈妈,你为什么非要叔叔陪?"

"叔叔长得好看。"小谷一边说,一边还咯咯地笑,"叔叔讲故事也好听,唱歌也好听。"

讲故事也罢了,居然还唱歌?!小谷也真是够会磨人的!想到当时那个情形,林棉忍不住扑哧笑了,"喜欢叔叔吗?"

"喜欢。"小谷一个劲点头。

看着左右四顾脸红干咳的许汀舟,林棉脸上的笑意更深。

一个不留神,小谷的手又拽上了许汀舟,只不过这次是直接抱住了他的腿。

"许总，要不你进来坐会儿吧，就当是陪陪小谷。"好不容易憋住笑，林棉对他请求道。

许汀舟避开她的注视，嗯了一声点了点头。

"哎，许总，我可不可以问你给小谷唱了什么啊？儿歌吗？"林棉边走边小声问道。

"我哪里会唱儿歌，就算会，我也不好意思在司机面前唱啊！"他说，"我随口胡诌的歌。"

"改天唱给我听听？我得知道是什么样的天籁之音把一个小屁孩迷倒的。"

许汀舟顿时无语。

"妈，这是我老板许总。"林棉将人带进了病房。

还没等母亲说话，病房里另一床的病人和家属的目光就已经齐齐朝许汀舟扫过来。

那些眼神里有惊讶、有同情、也有属于旁观者的好事打量。

总之，林棉看着这些异样的眼光，觉得有些不舒服。

许汀舟慢慢走进来，向肖欢蕊致意道："阿姨您好。"

"你好，"肖欢蕊虽然躺着，眼睛却一直盯着他看，"你是棉棉的老板？快请坐！"

"外婆！"小谷撒开许汀舟的手跑向病床，"外婆我想你了。"

"乖孩子，外婆没白疼你。"一句话惹得肖欢蕊笑开花，"对了，你怎么和这个叔叔一起来啦？"

"是叔叔去爷爷家接我来的。"小谷看着许汀舟，两只眼睛笑眯眯的。

"哪个爷爷？"肖欢蕊看向林棉，"小谷不是应该在你姑姑家吗？"

"爷爷就是爷爷呀！"林棉还在思考怎么回答母亲的疑惑比较妥善，小谷就已经抢先回答了。

"是这样的，阿姨，"许汀舟深吸了一口气，"昨天您突然要做手术，林棉挺着急的，我就让司机送她来了医院，本来林棉是要让司机送小谷去亲戚家的，大概是我的司机没听清楚，就把小谷送到了我爸爸那里。不过您放心，我家人会好好照顾这个孩子，直到您康复出院。"

"干吗去麻烦别人。"肖欢蕊瞥向自己的女儿，"许总家是大户人家，又有生意要忙，哪里好叫人浪费时间精力帮你带孩子！"

"妈，这不是事发突然嘛！"林棉的脑子乱糟糟的，说实话她也不知道怎么会演变成这样，"大不了我待会儿就把小谷送回姑姑那里就是了。"

"我不要！"小谷嘟嘴，"我喜欢待在爷爷家。"

林棉和肖欢蕊都一脸尴尬。

许汀舟道："如果你们放心的话，真的不用顾虑会给我家增添什么麻烦。我爸爸已经是半退休的状态，在家也挺寂寞的，小谷很可爱，他很喜欢这孩子。而且，家事方面有佣人帮忙，并不会累到我爸。我看阿姨精神很好，一定恢复得很快，我看就不要折腾孩子这家挪到那家了。"

"老先生这么喜欢孩子，许总你怎么不早点成家让他抱孙子啊？"肖欢蕊问。

"妈！"林棉觉得这个问话有点触及隐私，便出声打断。

许汀舟没有正面回答这个问题："我的姐姐早就结婚生子，平日里也和我爸爸同住。"

"那许总自己是还未成家？"

"没有。"他答得似乎轻描淡写，"不敢耽误别人。"

肖欢蕊没有料到他答得如此坦白又如此坦然，眼中的神色反而温柔了几分。

"许总说笑了。"她说，"以你的条件，不难找到对象。有机会我帮你留心。"

许汀舟笑笑："谢谢阿姨！"

他这一笑，把林棉看得愣是呆了。

林棉想到的第一个念头，就是刚刚小谷所说的那句天真无邪的童言："叔叔长得好看。"

哎，是真好看呀！

就连这么一个淡淡的、带有礼节性的微笑，都风度翩翩。

肖欢蕊过了几秒钟才说话，语气也格外软："哎哟，不客气的。你放心好了，这么好的小伙子，肯定有人愿意的呀！"

许汀舟保持微笑，既没有特别热忱，也并不反驳。

为了阻止母亲继续这个话题，林棉干咳两声道："妈，许总还要回公司上班呢！"

"哦，看我都糊涂了，大概麻药劲头还没完全过，脑子不是很清楚。许总你快去上班吧，至于小谷……"

许汀舟道："您看是想她在医院陪您一会儿，待会儿再让司机来接她，还是我现在就带她一起走？"

"医院里不干净，小孩子还是不要多呆了。"肖欢蕊说，"要是不嫌麻烦，还是带她一起走吧，也省了司机来回折腾。"

"也好。"

"那就麻烦了。"肖欢蕊略抬起头道，"等我身体好点了，我要登门致谢的。"

"您言重，好好养身体要紧。我先走了。"许汀舟离开病房前，特意问了句林棉，"对了，我刚刚没想到，现在才想起来，你是不是得回家取点日用品来？或者出去买点用的？"

"在走廊上碰到你的时候，正准备回去呢！"

"那你坐我车吧，干脆一起走。你赶时间吗？如果不赶时间，就等我先去公司，再让于叔送你回家。这样，他还能送你回医院。"

"我不赶！"林棉又补充道，"哦，我的意思是，我既不赶时间，也不需要搭车。"

"那好，就这么决定了：于叔先送我回公司，再送你。反正小谷在车上，有你陪她也不会闷。等你回到医院，再把小谷送回我爸爸那里好了。"

林棉知道他的脾气，坦然也罢，不安也罢，她接受了他的好意安排。

"和外婆说再见！"林棉示意小谷朝肖欢蕊做摆手道别的姿势。

小谷听话地照做了，林棉笑盈盈地牵起她的左手，小谷却笑盈盈地拿右手去拉许汀舟的左手。

许汀舟和林棉打了个对眼，又尴尬地避开了眼神接触。两个人的手都挽着小谷的肉嘟嘟的小手没有放开。

"外婆我们走啦！"小谷的声音听上去很欢快。

"哦，路上当心啊！"肖欢蕊望着他们3个，眼睛都直了。

林棉觉得气氛有点古怪，但是……并不坏。只是，在母亲的注视下她颇觉不自在，赶紧拉着小谷走出了病房。

许汀舟原本是准备坐到前排去的，硬是被小谷闹着要他和自己、和妈妈一起坐，还好车子的座位够大，三个人坐在一排还不算挤。

"妈妈，明天我还能来看外婆吗？"

林棉不知怎么回答，下意识地看了看许汀舟。

"当然可以，我让司机爷爷送你来。"许汀舟又转而对林棉说，"没关系的，我让于叔送她过来，也不是很远。"

林棉有点讶异，他竟然猜到了她刚才的犹豫，她是怕小谷麻烦到许家的人。没想到，他替她做了决定。

"叔叔也一起来吗？"小谷仰头又问。

"叔叔很忙，没空一直陪着小谷。"林棉道。

小谷显得有些失望，但还是没有反驳。

"明天如果没什么事，我早点送她过来，也不耽误上班的。"许汀舟说。

"小孩子不能这么惯着，什么都依她，会惯坏的。"说是这么说，林棉心里却觉得很暖。

"这点程度还不会的。"许汀舟看着小谷的神色竟有几分宠溺，"再说，我陪着过来，自己也比较放心。"

"太棒啦！"小谷拍手道，"叔叔真好！"

林棉和许汀舟相视一笑。

许汀舟下了车，车上除了司机，便只剩下林棉和小谷两个人。

林棉说："小谷，明天还是不要麻烦叔叔送你来了。"

小谷表示抗议："为什么呀？"

林棉觉得很难和孩子解释清楚，只好试着用她能理解的话来劝导："你看，叔叔送完你还要去上班，走来走去多累啊！"

小谷歪着小脑袋想了想："哦，我知道，叔叔腿不好，走来走去是很累的。"

林棉原本的意思倒并非特指这层，但小孩子会这样直观地理解，也没错。她也就顺着孩子的话说道："是啊，所以你不要老是麻烦叔叔。"

"哦，好吧。"小谷道，"那我以后可不可以去看叔叔？叔叔可以在家等我，不用走路。"

"你这个小东西……"林棉就差举手投降了。

"这个主意好啊，"于师傅一边开车一边乐呵呵地回应道，"下次爷爷带你去你许叔叔住的地方玩。"

林棉多少也猜到了于师傅的用意，不管是许伯父的授意还是他自己有意撮合她和许汀舟，总之，这份心思十分明显。

她也不好和人翻脸，只好默默听着，既不赞成，也不反对。

"妈妈，叔叔长得这么好看，为什么手和脚都不太好呢？"

童言无忌，只是这话当着许家的司机说出来，林棉还是感到有些尴尬。

"叔叔虽然只有一条手臂，走路也不太方便，可他很厉害，你看，刚刚我们路过的那个大房子，就是叔叔管理的哦！"林棉所说的"大房子"指的是林氏的公司大楼。

"叔叔当然很厉害，他一只手就能把我抱起来。"

林棉吓了一跳："你怎么能让叔叔抱你，他会累坏的。"

"就一下下，我就让叔叔放我下来了。"小谷笑道，"我也怕叔叔会累到。"

林棉刮了刮她的鼻头。

到了许家大宅，林棉考虑了一下，还是觉得自己应该下车亲自和许远山道个谢。毕竟，小谷这孩子麻烦了人家一晚上，眼下还得继续麻烦下去。就算此时见面有点尴尬，她还是不能过门不入的。

"哟，我当是谁，原来是您选中的儿媳妇来啦！"大宅门口，一个穿着金丝绒睡袍、抱着一只博美犬的年轻贵妇斜睨了她一眼，对着大厅里的人嚷道。

林棉饶是迟钝，也听得出那人的语气不善。一时没反应过来此人身份，边往里走脑子边转，蓦然想起许汀舟说的姐姐一家和父亲住在一起，看这位的年龄、打扮，大概就是许汀舟的姐姐了。只是，为何说话的语气如此奇怪？

林棉一边思忖，一边牵着小谷换了鞋子走进客厅。许远山似对女儿的话充耳不闻，放下报纸，命人沏茶，自己则起身迎了过来。

"林小姐怎么有空过来？"可能是怕自己的话引起误会，又忙着解释道，"你能来我当然欢迎，只不过我想着你这几天应该不得空闲的。"

"爷爷！"小谷主动叫人。

"哎，小谷乖，去妈妈身边坐。"

林棉和小谷坐到一张沙发上，佣人上了茶。她礼节性地喝了一口，道：

"再忙我也应该来道个谢的！"

没等许远山说话，许汀兰就往对面的沙发上一坐，手里仍然在撸着那只白色博美，眼睛也不朝任何人看一眼，只轻飘飘地道了句，"那是，先来认个门，往后早晚是一家人。你们双方不都是这么个盘算吗？一个愿打一个愿挨，真是绝配。只是谁是咬人的——"她夸张地做出假装自己失言的表情，"错了错了，什么咬人，你们又不是它——"她重重地揉了揉腿上趴着的小狗，"我是说打人，谁是打人的、谁是挨打的，这可就说不清了。呵呵，但愿你们谁也不吃亏吧。"

"汀兰，你不说话，没人把你当哑巴。"

"我说话了又怎样？"许汀兰反诘，"事实是，我这人说话了不也照样给你们当哑巴吗？我说的话有谁听过？谁在乎过我呀？"

许远山此时顾不上和女儿置气，只顾对林棉解释道："家丑让你见笑了。"

"许伯伯，要不……我还是带小谷先走吧。"林棉对现在的状况有点摸不着头脑，但她不太希望小谷在这样的情形里还留在许家。

就在林棉和许远山说话的时候，小谷竟然跳下沙发，跑到了许汀兰的沙发前。

"阿姨你别哭。"她伸出一双小手，抹了抹许汀兰的眼角。

所有人都呆住了，最吃惊的是许汀兰。

她虽然倔强地昂起头，唇角却在颤动。她只是红了眼，并未流出眼泪，却被一个细心的小孩洞穿了她内心的悲哀。

"你这个小孩子，什么都不懂。"

"我可以和波波一起玩吗？"小谷的语气里有些试探。

"可以，你昨天不是就已经和它玩了半天了吗？不过也要注意安全，不要被它咬到了。"许汀兰低头，眼里竟然有几分温柔的母性，"等童童从学校回来，你还可以去找童童玩。"说着，唤来了保姆金姨，让她带着小谷去院子里玩了。

"那阿姨你不要再哭咯。"小谷在从许汀兰的手里接过小狗的时候，还不放心地嘱咐道，"要是你也想玩，可以到院子里来找我。"

许汀兰当然没有心思陪一个小孩子玩耍，但似乎也没了兴致在大厅里继续和人拌嘴，抱着臂上楼去了。

"你可以拒绝我，但我会记得我今天的决心。也许在你眼里我今天的告白很幼稚、很可笑，甚至不自量力，但我已经这么做了，而且，不打算收回。"

第五章

雷鸣 电闪 云中梦

"有事？"

　　办公室的门被推开。许汀舟把搁在右腿上的左腿搬了下来，调整了一下坐姿，问道。

　　"你让我查的事情，有确凿的结果了。"

　　苏心蕴把一个黑色档案夹摊开，放到了桌面上。

　　许汀舟并不急于打开，而是直截了当地问："简单说吧，是怎样？"

　　"在收购'明丽'的项目中，赵富刚和'明丽'的高层有私下的经济往来，数额不小。"

　　许汀舟冷哼了一声："应该不止'明丽'吧？"

　　"是。"苏心蕴看着他，"你打算行动吗？"

　　许汀舟神色平淡，轻轻点了点头。

　　"知道了。"苏心蕴也不多言，"那资料你慢慢看。"

　　他"嗯"了一声。

　　走到门口，苏心蕴突然折返回来："腿不舒服吗？"

　　他讶异于她的细心，在她敲门的时候，他就已经停止了对左腿的按摩，只是还没来得及把腿放下她便走了进来。没想到，她已经看出了他的不适。

　　他知她不好糊弄，干脆点头承认："有一点。"早上单手抱着小谷，重心无法全部压在一条腿上，因此，这条受伤的左腿也受到了压迫，现在发僵中有点酸痛，原本就不灵便的膝盖已经完全不能打弯，整个小腿也都是麻的。

苏心蕴在他跟前蹲下身，握住了他的脚踝。

"心蕴，你要干吗？"他蹙眉道，语气有些慌乱，身体前倾试图制止她。

"别动，我帮你把鞋子脱掉。"她说，"你自己不太好按，让我帮你。"

"不需要。"

她不理会他，直接脱掉了他的鞋子，将他的裤管挽到膝盖。

他淡淡地道："差点忘了，你特意去学过按摩，还经常给你爸爸按，这种手感应该很熟悉吧？"

苏心蕴抬起眸子，沉默地看着他。

"对不起。"他伸手按住了她的衣袖，"我无心。"

"不，你有意的。"她说，语气里听不出是愠怒还是伤感，"我知道，你在特意提醒我注意一些事。果真如此的话，那就太多余了，因为不需要你的提醒我也记得，在那场雷雨中，我父亲和你一样失去了一条手臂和一条腿，他甚至伤得比你还重！"

"对不起，如果不是因为他当天去做了我的球童，他就不会也被那道雷打到。"

"说什么呢？这是你能控制的吗？"苏心蕴道，"汀舟，我永远记得许伯伯在我父亲和你出事后，竟然还特意亲自过来抚慰我和我妈妈，并且承诺会给我们应有的补偿和帮助，即使那场变故根本不是你们的责任。我更不会忘记，当你出院时，你也过来探望了我的父亲，明明自己心里难过得要命，却还在努力劝慰我的父亲。汀舟，面对这样的你，我怎么可能再怪你？"

他的眼前恍惚，仿佛看到当年那场雷雨，那道刺目的闪电一瞬间夺走了两个人健全的身体。

"我知道你不忍心怪我，理智也在告诉你，你不应该怪我。可是当一件极其残酷的事发生在自己的至亲身上时，我们总会本能地去讨问一个说法、一个道理。显然，我们同命运、同老天爷没有道理可讲，那么我们又该怪谁呢？"许汀舟无奈地看着她，"心蕴，你心里恨，你恨你不知道该恨谁。"

"你一直都看穿了我，对吗？"她无力地垂下手，坐倒在地板上。

"你又何尝不是看穿了我？"许汀舟道，"所以，我们也只能这样了。"

"真的只能这样了吗？"她颤声喃喃问道，"所以，你是打算接受林棉了？"

他并没有马上回答她。好长的停顿后，他道："这与你无关。"

她的泪流下来，她迅速擦掉，"我很低级对不对？明明是我自己接受不了现实，我自己软弱，却还想拉住你，不让你向前走。"

"有几个人能接受这样的现实？你的生命里已经有一个残疾的父亲，不需要再多一个我这样的人站在身边。我希望你过正常一点的生活，尽量远离那段痛苦的回忆。然而我的存在是会让你加深那段痛苦的。你不需要接受这样的现实，我也不要你勉强自己。你的父亲，是你的责任，而我不是。"

偌大的客厅里只剩下林棉和许远山两个人。

林棉难免尴尬。本来，突来造访这座陌生的大宅已是有些不自在，又发生了刚才的一幕，她并不清楚个中缘由，但有一点是肯定的，许汀兰并不欢迎她，甚至，对自己的父亲也不怎么待见。

　　当然，她还没有傻到开口去问许远山缘故的地步。

　　他们客套地问答了几句关于林母身体状况的话。许远山道："我本来想亲自去看看你妈妈，又怕突然去了，反而叨扰到她休息。"

　　林棉心道，叨扰不敢当，只是还不知道会不会谈到些有的没的，引得母亲瞎思虑倒是真的。她也不接话，只是笑笑。

　　许远山微笑着又说："汀舟看上去和小谷相处得很好。"

　　"我没想到他喜欢小孩子。"

　　"看不出来吧？"许远山道，"他的小外甥童童出生时，他高兴得什么似的，从小就疼他疼得很。他这个人，别的不敢说，对孩子的耐心是最好的了。"

　　"这是个很好的优点。"

　　"可不是吗？"许远山玩味地看着她，"小林你也觉得这是个优点吧？"

　　又来了！林棉哭笑不得。也料到许伯伯不会那么快放弃，只是她未免如坐针毡。

　　似看出她的紧张戒备，许远山岔开了话题。

　　"小林你今年夏天就该毕业了吧？"

　　"对。"

"毕业后打算在许氏的公司工作吗？"

"如果能够正式留下，当然是好。"提到前途问题，林棉不免提起了十二万分的精神应对，"不过，我不想在这一过程中掺杂别的成分，如果我通过了公司的考核，那自然很好，如果公司认为我能力不足，我也无话可说。"

"你多心了。"许远山道，"我还没有老糊涂到公私不分。而且，说句实话不怕你恼，让一个助理走或者留，与选择一个合适的儿媳妇，这两件事的重要性根本不可比。我也不会把这两件事混为一谈。"

林棉松了口气："抱歉，许伯伯，是我小人之心了。"

许远山眉目温和："没关系，我都懂。我知道你等下还要赶回医院，今天我也不多留你，改天有机会再一起喝茶。"

林棉点头，许远山送她到院中。小谷正在那里和"波波"玩扔飞碟，林棉又叮咛了小谷几句，这才坐上于师傅的车离开。

"林小姐，有件事我得向您道个歉。"车子刚离开许家，于师傅便开口道。

林棉知道他所指："我不怪你。"

于师傅的语气松快了许多："林小姐真是善解人意，懂得体恤别人。嗨，也许这话有些不知分寸，可我的心思和老许总的意思是一样的。我给老许总开了半辈子的车，也是看着小许总长大的。再说句没轻没重的话，我把小许总看作是自己的小辈。他受伤前是多开朗自信的一个人？现在却连笑一笑都好难。是啊，换了谁，遭了这样大的打击能笑得出来？可是，你能！林小姐，我觉得，你就是能让他开怀大笑的人。"

"呃，是因为我这人本来就特别好笑吗？"林棉问，并且开始认真思索这个问题。

"你又说笑了。"于师傅道，"你仔细想想这些天，许总为你做的事儿，你再想想你自己为许总做的事儿。你们不是相处得挺好的嘛！"

林棉一听到那句"你再想想你自己为许总做的事儿"时，脸腾地红了。

别的就不算啥了，单单那天晚上的那个吻，也难怪让人产生误会。

说是做戏，谁又会把戏做到那样真？

她连解释都无从下口。

思绪似乎飘到了她抓也抓不住的地方。于师傅似乎还在叽叽咕咕地念叨着些什么，然而都变成了模糊的背景音，她看着窗外，眼神迷离。

第二天早上，许汀舟果然践行了允诺，还是带着小谷来医院了。

许是怕妈妈责怪，一进病房就先对林棉解释道："是叔叔自己说要陪我来的。"

林棉见她这副乖巧模样，早就无心再怪她，只是对许汀舟报以微笑："谢谢！"

许汀舟摇头，问："阿姨身体好些了吗？"

林棉还未答话，肖欢蕊自己便回应道："好多了，就是下床走路还有点痛，也不能正常吃饭。"

许汀舟道："那等您可以吃饭了，我给您带点爱吃的过来。"

林棉心想那也是客套话，就没有拒绝，倒是母亲笑道："许总你来看我，我就已经很过意不去了。"

"我车接车送的，没什么不方便。"许汀舟说，"明天是休息日，周一你还要请假吧？"

"不用，许总。"肖欢蕊替她抢答，又转而对林棉说，"我这里有护工，我自己也能下床走几步了，你不用围着我，去上班吧。许总客气，你也不能太搞特殊化。"

"可是医院的护工一个人要看好几床的病人，你身边没人我总是不放心的。"林棉道。

"有啥不放心，医生说下周二我就可以出院了。"

"既然如此，阿姨，也不差让林棉多请两天假。"许汀舟道，"再说，林棉也没有搞特殊化，该扣的钱我会让财务从工资里扣除的。"

肖欢蕊道："那就好。我从小就跟林棉说，再穷也不能想着占别人便宜。"

林棉看了看时间不早，便提醒许汀舟该出发去公司了。

许汀舟点点头，和肖欢蕊道了别。肖欢蕊见他蹒跚离去的背影，不由轻叹。

小谷和林棉一起送许汀舟到了电梯口。忽想起他的银行卡还在自己这里，林棉忙掏出来给他："之前太忙乱了，一直忘了还你。"

许汀舟非但不接，还报了一串密码："你等你母亲出院了，到公司上班后还我也不迟。万一还有用钱的地方，这个也可以救急。这算我借给你的。"

林棉也不想在公众场合与他推来推去，便把卡收了起来："谢谢！"

许汀舟道："我爸爸昨天有没有乱说话？"

"没有。"林棉想到了许汀兰，下意识地蹙眉，"但是，我遇到你姐姐，她好像对我有什么误会。"

许汀舟苦涩地牵了牵唇角："请你原谅她，她的处境、她的个性变成这样多半是我造成的，是我对不起她。"

林棉没有追问。家家有本难念的经，何况是许家这样的豪门。

"我没有怪她的意思，何况，是我叨扰你们在先。而且看得出来，她对小谷还不错。"

"谢谢你的体谅。"许汀舟说，"我姐姐一直很喜欢小孩，小谷又是个讨人喜欢的好孩子。"

听到许汀舟表扬自己，小谷骄傲地抬头，撒娇道："叔叔也是讨人喜欢的好叔叔。"

林棉和许汀舟同时笑了。

"我真该走了。"许汀舟说，"周二你要给你母亲办出院，你周三再来上班吧。出院后你妈妈一个人在家如果有问题，我可以让我家的阿姨去你家帮忙。"

林棉替他按了电梯："谢谢许总，我自己能安排好的！"

许汀舟牵着小谷的手走进电梯："和妈妈说再见。"

在电梯门合上的一刹那，林棉从门缝里看到小谷整个小身子都倚靠在许汀舟的腿上，显得亲昵无比。

她不由想，许是生活中缺少男性至亲的陪伴照料，许汀舟的出现才让小谷如此依恋。

她和母亲虽然疼爱小谷，将她照顾得无微不至，但小谷的生命中，"父亲"这一角色始终是缺位的。

她一边想一边走回病房，还没进门就听到同病房另一床的病人和母亲在聊天。

"那个小伙子是在追求你女儿吧？"

林棉不由自主地停住了脚步。

"别胡说，怎么可能？"

"也是，你女儿都已经成家了吧？孩子都那么大了。"

母亲不说话了。林棉吸口气，走进病房。

肖欢蕊斜睨了她一眼，神情气鼓鼓的。

林棉知道母亲素来讨厌别人谈到她有孩子的这个话题，小心翼翼地假装自己没听到之前的谈话，道："我扶你去走廊散散步吧，医生说要尽快排气了才好呢！"

"真是一肚子气！"肖欢蕊也不知是在自言自语，还是对女儿表达不满。见母亲铁着脸撑着床起身，林棉连忙过来搭手。

在走廊上散步的时候，肖欢蕊问："你们那个许总到底怎么回事？"

林棉不懂她具体指哪方面："你是指什么？"

"年纪轻轻的，身体看着也挺健康，怎么残疾得那么厉害呢？"

"出了点意外。"她不打算说太多。

"可惜了。"肖欢蕊啧啧道，"本来倒是个很不错的小伙子。"

林棉不服气了："可惜是可惜，但现在的许总也是个很不错的人哪。"

"我没说他人不好，但是，再好也不行。"

"什么不行？"

"做我女婿不行。"

林棉愣了愣，下意识地撒开扶着母亲的手。

"干吗？你有意见？"肖欢蕊瞪了瞪她，"我告诉你，你可别做出什么悔恨终身的决定。"

林棉道："如果我没记错，你之前还说要给人家介绍女朋友的。"

肖欢蕊自觉理亏，仍继续强词夺理道："小伙子挺招人疼的，有合适的机会我也乐意为他介绍，但你是我女儿，怎么一样！"

"人家还看不上我呢！"林棉道，"你就别瞎操心了。"

"看不上你天天巴巴儿地往我这边跑？还帮你带孩子？"

"妈，人家是热心肠，被你说得好像另有所图似的。"林棉听不下去了，"许汀舟的眼界高着呢，我根本不入他法眼。"

"你哪里差了？"肖欢蕊还不乐意了，"你小时候厂里的叔叔阿姨哪个不说你长得好？"

林棉无语。那都多少年前的事了，现在的自己虽然长得也不难看，但世界上的美女这么多，不往远了说，就是"文心"内部都有美女无数，而且大部分都精明干练，自己这样的菜鸟算得上什么？

她也不想和刚刚动过一场手术的母亲纠缠下去，只好哄着点了："好了妈，我知道我是遗传了您的美貌与智慧。总之我没有和许汀舟谈恋爱，他也没对我有不纯的目的，您放一百二十个心。"

肖欢蕊看来是满意了。又走了一会儿，她觉得累了，就让林棉扶她回床上休息了。

"不过说实话，你之前谈的男朋友，还都不如这个许总呢！"肖欢蕊道，"就你上大学时候追你的那个曲什么的，家里条件差，人又眼高手低，一看就不会有大出息。你当时听他念几首歪诗、写几首破曲子还曾经有点心动的对吧？还好给我及时发现苗头不对给掐了！还有你最近谈的这个，人品真有问题……"

林棉"咦"了一声："你刚刚不是还对人百般不满吗？"

肖欢蕊道："我对他只有一样不满。"

不用说林棉也知道是什么。

肖欢蕊躺在床上，看着天花板喃喃道："他那个人人品气质、风度涵养那是没话说的，家里条件又好，和小谷又投缘，你将来要是能找个这样的——不，能有他一半强的，我做梦都能笑醒。"

林棉直了眼："妈，你精神分裂啊？"

"去！"肖欢蕊白了她一眼，"你明知道我介意啥。"

下班前，汪豫和沈乔过来敲许汀舟的办公室。

"今天是我和沈乔情定10周年，一起去酒吧庆祝一下？"

许汀舟面无表情道："你俩10周年，与我何干！"

汪豫似乎习惯了他这副对什么都冷冷淡淡的面孔，笑道："别这样冷血啦！我们青春的每一步可都是一起走过来的欸！我可从来不重色轻友，而且我还有个消息要在今天宣布。"

"什么事？你俩要结婚了？"

沈乔拍手惊叹道："这也能被你一猜即中？"

许汀舟的脸上浮上一层笑意："真的？恭喜！不过你们谈了那么多年，也该开花结果了。"

汪豫道："怎么样，我可是快要退出单身俱乐部的人了，想不想和我再狂欢一下？今后要我陪你去彻夜喝酒，可得通过我老婆的同意了。"

沈乔撇嘴道："切！你可算了吧，哪次不是你先醉了，让我陪着许汀舟继续喝。"

汪豫哈哈一笑。

许汀舟道："喝酒可以，不过这两天真不行。"

"怎么？有事？"汪豫露出关切的表情，"你有什么事可要和我说啊！"

"没有，家里来了个小孩子，很黏人，我得回去陪她。"

"小孩子？哪里来的？"汪豫指着许汀舟道，"……难不成是你的？"

"别胡说。"许汀舟道，"她妈妈你们也认识，林棉。"

汪豫和沈乔对视了一眼。

沈乔问："你不会真答应了你爸爸的请求了吧？林棉也答应了？"

"想什么呢！"许汀舟站起身，"我不是和你们说了，她妈妈这几天住院，孩子没人管，就接到我家里来代为照管几天。"

"然后你就心甘情愿当起奶爸来了？"汪豫表示难以想象，"那孩子居然还很黏你？"

"你是觉得我不会受孩子欢迎吗？"许汀舟挑眉抗议。

汪豫夸张地正色轻咳道："不，你看上去是有点难以亲近而已。"

"看来我的人缘很有问题，我要适时地改变一下自己。"许汀舟笑道，"你们去玩吧，今天我真没空。对了，喜帖早点发给我，我包个大红包给你们。"

3个人一起坐电梯下楼，去停车场的路上，许汀舟还接了个小谷打来的电话。见他一路浅笑盈盈、柔声细语地对着电话那头的小家伙耐心应答，汪豫和沈乔的眼睛都直了。

各自上车后，汪豫半天没发动车子。

沈乔也不催他，扣好了安全带，看着许汀舟的车驶离停车场，扭头问汪豫："你有没有一种奇怪的预感？"

汪豫道："我觉得看这个情形，谁先发红包给谁还不一定呢……"

周二那天，林棉为母亲办理完出院手续回到病房，发现许远山和小谷都坐在病房里。

"哟，小林来了，手续都办妥了？"许远山笑着问道。

"许伯伯。"她有些尴尬地出声，对于他对母亲说过什么心里无底。

好在肖欢蕊并没有动怒的迹象，只客套地让林棉谢过这些天来许家人对小谷的照顾。

许远山道："我只有一个外孙，孙辈的孩子里也没有一个女孩儿，小谷又讨人喜欢，我巴不得天天看着她。汀舟也疼她疼得很。"

肖欢蕊笑笑，并不接话。

"妈，手续办好了，我们回家吧。小谷——"林棉转而对女儿道，"我们今天回自己家了。"

"好呀，我也想家了。"小谷隔了几秒又道，"不过，我等一会儿可能也会想许叔叔家的，也会想许爷爷，还有汀兰阿姨和童童，对了，还有波波。"

林棉扑哧一声没忍住笑。

许远山摸摸她的小脑袋，怜爱地说："真是个好孩子。那以后要常来爷爷这里玩啊！"又对林棉道，"车子在楼下等着了，我送你们回去吧。"

肖欢蕊道："那麻烦您了。许先生要是不嫌弃，今天上我们家吃个便饭再走吧。"

许远山也不推辞："也好，我就不客气了。"

林棉一路上忐忑不安。母亲和许远山心中各有盘算，林棉大体也都明了。如今的场面虽然还是和谐共处，谁又知道下一刻会演变成什么样。无论哪一方遭遇难堪，她都不愿看到。

思来想去，她还是给许汀舟偷偷发了个短信：

——你爸爸陪小谷一起来医院接我妈回家，我妈说要留他吃饭。我怕是宴无好宴。

隔了几分钟，许汀舟回了条：

——知道了，我随后过来。

事实上，许汀舟到得比他父亲还早一步，两辆车一前一后在楼下碰到了。

"爸！"他迎上前招呼道，又对肖欢蕊点头致意，"阿姨。"

许远山看看林棉，林棉心虚地低下头去，好像自己做了什么错事。

"你也来啦！"许远山一脸平静，"那就随我一块上去坐坐。你林阿姨应该不介意吧？"

肖欢蕊客客气气地道："两位都是贵客，我平时请都请不来，怎么会介意呢？"

林棉扶着肖欢蕊走在前面，许远山和小谷跟在后头，4个人都时不时回头看看走在最后的许汀舟。

"我可以的，你们放心走就是了。"许是发现了众人的关爱，许汀舟有些不好意思。

"小许啊，辛苦你了。"肖欢蕊的语气透着真挚的怜惜，"你慢慢来不着急啊！"

"没事，阿姨，我习惯了。"许汀舟的话也没有过多自伤，仿佛是在说件很平常的事。

林棉听了心里却一揪一揪的。

进了家门，林棉给客人泡上了茶。家里也没什么现成的菜，林棉干脆拿出手机下了些外卖订单，不过半小时就送上门了。

许汀舟早早就被小谷拉去房间里说故事。林棉想，这也好，免得面对母亲充满深意的眼神和试探性的谈话，徒增尴尬。

可吃饭的时候总得坐一桌。林棉尽可能岔开话题，却几次三番被许远山老到地拉了回来。肖欢蕊则是一副兵来将挡的笃定模样。林棉却暗自惊心。

几轮"过招"后，许汀舟突然发话了："爸爸，够了，你这是要干什么呢？你难道看不出来，人家不愿意女儿受委屈吗？"

许远山之前也不过是隐隐约约提到些结亲的意思，又许了一些条件，均被肖欢蕊客客气气推挡了回来。可毕竟双方都没有明说，没想到一下子被许汀舟戳破了这层纸。

"我不会委屈林棉的。"许远山道。

"你打算用什么来补偿她？"许汀舟反诘道，"我不知道你说的委屈和我说的委屈是不是一回事。可是在我看来，我却没有信心做到不委屈她。嫁给一个残废，就是在委屈她。"

林棉的心被他铿锵有力的话语击得生疼，"我不许你这样讲。"

"小许，"说话的人竟是肖欢蕊，她第一次没有称呼他"许总"，语气格外亲和，"你可别难过，阿姨没有看轻你的意思。"

"阿姨，"许汀舟道，"我残废很久了，久到已经几乎忘了为这件事难过。我只是想说，我明白林棉值得更好的，没有打算将她占为己有。"

小谷听不明白大人的话，只是抱紧了妈妈，小声地和林棉咬了咬耳朵："妈妈，你们为什么要吵架？"

"没有，我们只是在商量一些事情。"林棉安抚小谷，道，"你先回房间看会儿动画片好吗？"

"好的。"小谷乖乖地回了房间。

"许总，"林棉正色道，"我没有答应许伯伯的要求，是因为我们彼此不相爱，而不是因为其他别的什么原因。你说我值得更好的，那么你又何尝不是呢？你也值得更好的伴侣啊！"

许汀舟的眸中有一丝光芒闪烁："你说得也对，我或许应该乐观一点。"

"就是嘛，小许。"肖欢蕊接话道。

一顿饭后，林棉送许汀舟和他父亲到门口。刚准备换鞋送他们下楼，许汀舟劝止了她：

"你回去照顾阿姨吧，我和我爸自己下去就行。"又特意嘱咐肖欢蕊道，"阿姨，您好好休息，这几天干硬的食物尽量少吃。您放宽心养病，祝您早日康复！"

"哎，谢谢你啊小许！"肖欢蕊也慢慢送到门边，眼睛笑眯眯地盯着许汀舟看，"真是个贴心的孩子。"

送走许汀舟后，林棉回身收拾桌子，肖欢蕊则在旁边有一搭没一搭地和她聊天。东一榔头西一棒，似乎还是在试探她和许汀舟的关系。林棉被她的套路弄得应接不暇，干脆挑明了问："妈，人家都这么说了，你还有什么不放心的？你是怕我缠着许总，还是怕他缠着我？"

"我怕你没人要！"肖欢蕊半真半假地提高了嗓门儿道。

"你到底要我怎样嘛！"林棉无奈，"有人对我好一点你就担心别人别有心机，人家说了对你女儿没别的意思，得了，你又开始担心你女儿没有市场了。"

"什么市场？我这是要卖女儿吗？"肖欢蕊白眼道，"我要是准备卖女儿，你可是比我想得值钱多了。可我是那种人吗？我还不都是为你考虑？不过，凡事没有十全十美，这许汀舟倒真是可惜了。"

"你就别自己在那儿纠结了。"林棉放下擦桌布，拉了把椅子坐近到母亲跟前，"你嫌人家许汀舟这不好那不好的，我看他就很好，就算身体有点缺陷，也是个优秀的人。你看，我能这么想，其他姑娘也难保不这么想呀，虽然我没有爱上他，可是，就不会有别人爱上他吗？愿意嫁给他的人肯定很多，如果他想将就，也一定早就结婚了。你看他有将就的意思吗？"

"他可能是怕委屈别人呢！"

"人家客套话，给你女儿些许面子罢了，你还当真了。来，我翻译给您老听，咳咳——"林棉故意放粗了喉咙，沉吟道，"您女儿呢，虽然四肢健全，但头脑简单，和我无法产生思想之共鸣，我可不想被她负累一生。"

"嗯，说真的，你们那个许总，要不是有残疾，一般的女孩还真配不上他。"肖欢蕊慢悠悠地道，"你也挺普通的，估计入不了他的眼。"

"是吧？"林棉也不生气，嘿嘿笑道，"你可算想明白了。"

第二天，林棉回公司上班，出发前，钟点工阿姨已经上门了。得知是许汀舟安排的，她很是感激，打算到公司后当面谢他。

林棉见许汀舟的办公室大门虚掩着，轻轻敲了两下也无人应，便走了进去。

办公室里另外还有一扇侧门，平时她进来的时候都是关着的，此刻也是虚掩着，里面传来女子隐约的啜泣声。

"心蕴，你要我怎样？"

林棉心里一紧，说话的人是许汀舟。声音中的焦虑是她所陌生的，透露着孩子般的无措感。她不由得站定了脚步，屏息凝神。

"心蕴，我们不可能了。"许汀舟的声音苍凉悲戚，"这是我们之间一直存在的默契。我知道你不讨厌我，也许，你对我也有过一丝幻想，就像我对你，也曾经做过梦。但我也知道，我们都不是特别坚强的人。我们恐惧面对那些残酷的事，那会让我们仅有的一丝美好灰败殆尽。向前看吧，也许有一天我会娶别人，你也会嫁别人。我们彼此祝福，这也很好，不是吗？"

"你现在需要我的祝福吗？"苏心蕴问。

许汀舟没有答话。

"原谅我，我无法祝福你。"她说，"我爱你，同时也无法接受你。但我依然不会因为你和别人在一起而祝福你。"

"没关系，不能祝福也没关系。"许汀舟道，"只要你放过自己，就好。"

心绞成一团，突突地在胸腔里剧烈跳动。林棉并不十分明白许汀舟和苏心蕴之间谈话的真正意思，只是本能地感到一阵慌乱和痛楚。她想要迅速地逃离这个令人尴尬的场所，然而在转身退步间，脚步变得笨拙，居然绊倒了她自己。即便铺着地毯，身体落地时的声响仍然足以惊动隔间里的两人。她简直不敢回过头迎视他们的目光，也不知是因为觉得自己姿态狼狈害怕被人嘲笑还是因为别的什么，林棉以最快的速度爬起身，一言不发地冲出了许汀舟的办公室。

"林棉！"许汀舟试图唤住她，见她毫无停下的意思，便跟着走出了办公室。

林棉像一个莫名心虚的胆小鬼，茫茫然地走出了大办公室，跟着按了电梯。

也幸亏电梯来得慢，许汀舟才在她进入轿厢的那一刻赶了上来。林棉下意识地按停了电梯，垂下眼任由他跟着进来。

"你准备去哪里？"他的声音里带着几分喘意。

她说不上来，只好胡诌："上天台吹吹风。"

许汀舟替她按了顶楼的电梯，似乎默许了她的去向，"那你也用不着那样跑。"

"我……我是怕你尴尬。"好像是，又不完全是。

他叹了口气："也没什么的。"

"和我无关。"她的口吻让她自己也感到意外的生冷，她觉得这样说有些太过无情，便又放软了些语气，"我的意思是，你不用和我解释，我也不会出去乱说。"

电梯门"叮"地打开。许汀舟的脸色无波无澜："很好。"

难道他追出来，只是为了确定她不会是个传闲话的小人？林棉莫名感到气恼，闷闷不快地走出电梯，冷淡地对许汀舟说道："许总，给我5分钟，我就回去工作，可以吗？"

许汀舟没有说话，电梯门缓缓合上。

一个人的天台，空旷而寂寥。

林棉抱膝而坐，眼泪倏然落下。

"真是的……怎么还哭了？"她边擦眼角，边自言自语道。

刚才四脚着地趴在许汀舟和苏心蕴的面前，真是太丢脸了！

为什么自己不能像苏心蕴那样，永远保持着优雅。即使流泪，也带着一种楚楚动人的气韵。

等一等？自己到底在做什么？为什么要和苏心蕴做比较？她从来都很欣赏这个知性美丽的学姐，可却从来没有像这一刻那样，几乎是在嫉妒她。

林棉一直有着清醒的自我认知，也从未希求成为人中龙凤。不消说远的，就是身边也有无数比自己漂亮、聪慧、家世好的女生，要一个个羡慕嫉妒恨，哪里顾得来！她也从不是那样钻牛角尖的人。可是，一回想起许汀舟刚才说"心蕴，你要我怎样"那句话时望向苏心蕴的眼神，林棉的心就很痛！

那时的苏心蕴，含泪的眼睛明亮得让人心碎，微颤的唇角像风中的玫瑰花瓣，凄美得让人移不开视线。不用知道她和他之间究竟有怎样的故事，那种因绝望而愈加珍贵美好的情绪就足以感染到任何人。

原来，许汀舟和苏心蕴是如此相爱的一对！

林棉明了了很多事，如今想来，很多次苏心蕴看向她的神情，都带着几分哀怨猜忌。尽管苏心蕴很克制、很有风度，也未曾对她有过任何针对性的行为。那也只能说明两点：一、苏心蕴是个公私分明的人；二、自己还不够资格入她的眼成为她的对手。

而第二项，让林棉尤为难过。

有些事，她到如今才豁然开窍。

"林棉人呢？"苏心蕴见许汀舟回到办公室，迎上前问道。

"让她静一静吧。"他的声音听上去疲惫不堪。

苏心蕴见他站不稳，上前一步扶住他："来，坐一下，你刚才走路走得太急了。"

他没有拒绝，任由她搀扶着他坐下来。

"你……和她解释了我们之间的……"

他的笑带着一丝无奈："我们之间有什么可解释的吗？"

她先是一怔，旋即点头道："对，我们之间什么都没有。"

"心蕴！"见她黯然退到门边，他终究还是在她离开前叫住了她，"我和林棉之间……"

"你想说你们之间没有任何关系？"她打断了他，苦笑道："汀舟，如果真是这样，在刚才那一刻，你不会跑向她。"

"我只是想看一下她有没有摔伤。"

"她能健步如飞地跑去按电梯，应该没什么大碍。"苏心蕴以"开门""关门"的动作，结束了这场对话。

许汀舟下意识地第三次抬腕看表：5分钟到了。

他捶了捶有些酸麻的腿，站起身走出办公室。

环视一圈，林棉还没回到座位。

苏心蕴对于他的出现似乎视若无睹，眼睛仍然专注在笔记本显示屏上，心无二用。

许汀舟走向电梯间，按了向上的按钮。

对于他的出现，林棉颇感意外。

"上班时间，你干吗呢？"他朝她慢慢走过来。

她慌忙站起身，整理了一下衣裙。

"5分钟早就到了。"他站定到她跟前，冷静地说。一阵风吹起他的空袖管。

林棉伸手，抓住了那只飞扬的袖管。

他稍稍躲闪了一下，却未真的避开，只是低头道："你做什么？"

"你是因为它所以才放弃苏心蕴的吗？"林棉攥着那只袖子，颤声问道。

"算是吧。"

"苏心蕴也是因为它才不能接受你的？"

"这其中的事情很复杂，我……"

"复杂那就不用说了。"林棉咬咬牙，抬起眸子望向许汀舟，"我只有一个很简单的事实要向你坦白。"

他倒退了半步，却被她紧紧拉住，连同他的左臂和右袖。他当然挣得开，然而他没有，他只是停在原地，像一尊静默的雕像。

"许汀舟，我想我是喜欢上你了。"

他没有马上回答她，只是握住她的手，将它挪移到自己的右肩上，"别被错觉哄骗，这才是现实的我。"

林棉指尖向掌心缓缓收拢，柔软地包裹住那一小团残臂，"别动，我在感受现实。"

"你现在不清醒。"他试图用左手拿开她的掌。

"是的，如果我脑子清醒，我就不会做这样的告白。"林棉道，"我也知道我一定是疯啦！"

许汀舟默然地伫立着，没有回应她的告白。

他的左手停在她小小的手背上，手指微微蜷握着，一动不动。

半晌，林棉主动放开了他的右臂残端，他才顺势移开了他的左手。

"它已经不存在很久了。"许汀舟哑着声说。

林棉知道他指的是他的右臂。"我摸到肩膀那里还有一点骨头，它还会动。"她尽量平淡地道，"你想过装假肢吗？我以前好像在哪儿看到过介绍，有那种仿生手臂。"

"残肢太短了，我试图装过，并不好用。"他苦笑道，"我连美容手都很少戴，因为并没有实际的意义，残废就是残废……"

"那也没关系的。"林棉道。

"什么没关系？"

她抬起眸子盯着他："我还是喜欢你。"

许汀舟凝视她的脸庞，缓慢而郑重地说道："林棉，我可以当作今天什么也没听见。我们可以……"

"我不可以。"林棉斩钉截铁地摇头道，"你可以拒绝我，但我会记得我今天的决心。也许在你眼里我今天的告白很幼稚、很可笑，甚至不自量力，但我已经这么做了，而且，不打算收回。"

他的眼睛从她的脸庞移开，朝着远空虚无地望着，眼中充满迷惑之色。

"你会因此讨厌我吗？"林棉颤声问。

他迅速垂下眼，摇头看向她："当然不。"

"会选择尽量避开我吧？"

"这……我不知道。"

"其实，实习期快结束了，我也可以换一份工作。"

"不要把工作和感情这两件事混为一谈。"

"可是如果能留下来，我大概……会忍不住追求你。"林棉红着脸，却无比认真地说道，"就算是上班时间，也可能克制不住对你的感情，我是一个自控力很差的人。"

他居然笑了一下："林棉，你在耍小孩子脾气，我不过是你图一时新鲜很想要的玩具罢了。"

"玩具？玩具可不会拒绝我。"她说，"你那么有思想、有品位，要得到你的心太难了，我一点信心都没有。"

"那你还……"

"因为喜欢你是我自己的事呀！"她笑了一下，脸上有那种发自内心的甜蜜光彩，"你又不一定要回应的咯。"

许汀舟动了动嘴唇，终究没说话。

倒是林棉说："我先回去工作了。"

许汀舟没有随她坐电梯下楼，而是一个人留在天台上发呆。

风将他的衣袖拂得老高，有时向后、有时向前。他侧脸看了一会儿，心中的苦涩难以名状。

除了重要场合，他很少戴装饰性的假肢。除了因为戴着不舒服之外，更大的程度上，他让右袖保持空空荡荡，是一种近乎自虐的提醒。

他让自己接受这残酷的事实：那场雷雨之后，他再也不是天之骄子，而是一个残废。

他学习一只手生活、学习一条腿行走。他的走姿丑陋滑稽，曾经无数次地被人侧目而视、指指点点。伤残之后，他并不避讳出现在媒体面前，必要的应酬也从不推脱，他勉强着自己出现在公众视线，那何尝不是另一种"凌迟"！

那是一种古怪而微妙的心态，在这样的心态驱使下，对于很多不了解他的人来说，他反而成了一个自尊自强的符号，只有他自己知道，他在痛感中挣扎求生。如果没有对自己的那股狠劲，也许他的意志力早就垮塌了。

他的膝盖在微颤，提醒着他已经站立得太久。他挪走到墙边，左手抵住墙，背贴紧墙壁、小心翼翼地屈腿下蹲。他的动作已经很缓慢，却仍然在蹲到一半的时候，打了个趔趄，险些栽倒。

左手撑了水泥地一把，他的身子歪向了左边，他扶了扶腿，调整了一下才坐正。

——那个青涩的小女孩，温柔地抚摸着他的截肢处，对他说她喜欢他。

他并不怀疑她说话时的真心，只是她还没有看到他这个人更多不堪的面貌。

终身残废，意味着他要带着这副躯壳直到死。林棉无法想得很透彻。她不像苏心蕴，对于何谓残疾有着深切的体会。那种痛是会蔓延到整个家庭的。林棉还是个大孩子，她还没有理解这种痛入骨髓的不幸有多么可怕——他也不希望她懂。

林棉回到办公室，却无法假装若无其事地平静开展工作。

她知道自己很不专业。但当她看到苏心蕴头也不抬地专注在电脑屏幕上，竟然忍不住生气。

忍了又忍，终于爆发。

她走到苏心蕴的办公桌旁，道："能不能谈一下？"

苏心蕴抬头看她，语气淡淡的："谈什么？"

林棉心中有千言万语，却不知道该如何组织，只憋出一句："许汀舟还在天台上。"

"所以呢？"

"你不担心他吗？"

"你要我担心什么？他在天台上又怎样？他又不会跳楼。"

话是没错，但是……但是太冷酷了吧。林棉的底气明显不足，可仍然咬着牙道："他那么喜欢你……"

"可他要娶的人是你。"苏心蕴回道，"而且重点是，我现在更想履行我的工作职责，而不是管其他的。"

"他说过要娶我吗？"林棉的心跳得很快。

苏心蕴愣了愣："他并没有否认传言。"

林棉有些失落，但也没有持续多久，冷静了几秒道："如果许汀舟没有要和我在一起，你会和他在一起吗？"

"不会。"苏心蕴眼也不眨地说。

这个答案并没有使林棉感到快乐，她只是很心疼那个男人。

"我知道了。"她转身离开。

一刻钟后，林棉再次出现在天台。

她把一杯热热的咖啡递到许汀舟的手中。

"你喜欢的这家店真的很奇怪，这年头居然还有不能送外卖的。"林棉笑嘻嘻地说，"我特地跑出去买的。"

他抬起头，愣愣地望着她。

"老板，你这是要带头摸鱼吗？"她在他对面盘腿坐下，"那我也趁机休息一下好了。不过，等你喝完这杯咖啡，和我一起下楼工作吧，身为老板也要注意影响嘛！"

"你不来一杯吗？"许汀舟问。

"不要，那家店的咖啡那么贵，我还是待会儿去公司茶水间喝免费的咖啡吧。"

"吝啬鬼！"

她摆手抗议："不是'吝啬'，是'穷'，这两者可是有本质区别的。"

他呷了一口咖啡："等你转正后给你多加点工资。"

"好欸！"林棉听得出他话里的意思，笑得合不拢嘴，"那今天咖啡就我请吧。"

"什么？难道我不说这句你还准备问我要咖啡钱？"许汀舟先是绷着脸，唇角渐渐有了难以掩饰的弧度。

"有问题吗？"

"毫无问题。"他望着远处建筑物上空流动的白云，笑着回答。

林棉以为，在她这样直白地告白之后，和许汀舟相处时难免会感到尴尬。事实上，接下来的两天都波澜不兴，连苏心蕴都表现得与往常无异，待她依旧和颜悦色、轻言细语，当她遇到难以解决的问题时也不吝从旁点拨。

倒是林棉自己有些沉不住气了，心里的秘密像藤蔓一样扎根生长，却无人可以分享那片秘境。她不知道那些藤蔓最终会延伸向何处，她为之惶恐，也有着期许。在它们最初冒出嫩芽的一刻，她盼望着有人能给她指引方向。

她禁不住在一次午饭后拉着沈乔上了天台，又冲动又紧张地结结巴巴向她描述起两天前在这里对许汀舟的表白。沈乔听得半天没合拢嘴，末了说道："林棉，我简直崇拜你。"

林棉羞红了脸说："你别急着崇拜我，我……又不一定能成功……"

沈乔咯咯笑个不停："成功把那艘船拿下？"

"船？"林棉听得很蒙。

"他不是叫许汀舟吗？"沈乔道，"'汀'者，小洲，即水岸平处也！他这艘船近在岸边，你现在呢只需要想办法把他系得更牢些。"

林棉苦恼地说："我这根细'棉线'哪里系得住他！"

沈乔没有马上回应，沉默了一会儿说："嗯，是有难度，不过，我还是挺看好你的。"

"我都不看好我自己。"林棉老实地承认道。

"可你还是发起进攻了，不是吗？"

"也没有……"林棉的左腿下意识地来回蹭着地面，"我……无从下手……"

沈乔轻笑了一下，转而神色变得凝重认真。

林棉觉察到了她眼中似乎有话，试探着问："对吧，你也觉得我没什么胜算？"

"胜算？"沈乔语带揣摩，"你是要和谁竞赛吗？苏心蕴？"

林棉原本并不想提到苏心蕴，因为关于那部分，是属于他人的隐私。尽管她也料想到以许汀舟、苏心蕴和沈乔多年的交情，沈乔不可能对苏心蕴与许汀舟的感情一无所知。如今既然沈乔已经主动说起，她也不再掩饰，"如果，这是一场竞赛，也许我反而会选择立即退出。因为苏心蕴和许汀舟已经两情相悦，如果他们在一起，也是理所当然的事，我又怎么能插足进来？可是，苏心蕴似乎没有选择许汀舟的意思，不管出于什么样的苦衷，这都是她自己做出的决定。那么，我决定选择许汀舟，应该可以吧？"

"太——可——以——了！"沈乔看着她满脸光彩的样子，佩服道，"爱情啊，就是要这股劲头呢！"

林棉有些怯怯地问："你会生气吗？"

"我为什么要生气？"

"毕竟你认识苏心蕴更久，交情应该也很深。"

沈乔点头道："我很了解苏心蕴，她也是个好女孩。曾经，我也希望她能够和许汀舟在一起。然而很多事真的勉强不来。他们彼此有依恋、有放不下，也因此互相折磨伤害外加苦消耗，身为朋友——不瞒你说，到后来只盼着他们能各自撒开手，各谈各的恋爱去。就算是今天苏心蕴有了追求者或者心上人，许汀舟失落不已，我也是这么说。能从苦海里救出一个是一个，兴许一个得救，另一个也能早点自救呢！"

林棉忍住内心的好奇，没有打探许汀舟与苏心蕴彼此有意却不能在一起的症结。

"林棉，"沈乔说，"我觉得，这么多年来，你是除了苏心蕴以外，第一个能够吸引许汀舟注意力的女孩子。就凭这一点，我看好你们。可是作为朋友，我也要提醒你，他的心里，有一个扎根很深的人，你可能会遭到挫败，所以你还要不要……"

"我要试试。"她小声地回答，"我不要还没开始就放弃。虽然我还没想好该怎么做，可我喜欢他这件事，我已经在做了，还要继续做下去。"

　　林棉和沈乔是因为天空忽然划过的一道闪电才想起在天台上已经聊了太久，该回去上班了。

　　两人还没来得及跑到电梯间，雨便噼里啪啦下大了。

　　林棉去茶水间为自己倒水时，顺便帮许汀舟泡了一杯咖啡。刚预备端进去，却被苏心蕴阻止道："现在别去。"

　　"为什么？"

　　"他不方便。"

　　林棉倒真不是要和苏心蕴争一口气，只是觉得她神色有异，反而更加担心起许汀舟来，便不管不顾地推开办公室的门。

　　许汀舟不在座位上。

　　林棉一时间竟然没有看到他。直到苏心蕴悄然带上了房门，林棉定睛一看才发现许汀舟竟然抱膝蜷缩于房间的一角。

　　她慌张地搁下咖啡杯，因为双手紧张颤抖将咖啡洒出了不少。她半跪在许汀舟的跟前，捧起他满是冷汗的脸："你怎么了？"

　　他的嘴唇动了动，眼皮沉重地合上，却没有说话。

　　"哪里不舒服吗？是腿疼？手疼？还是头疼？"她一会儿捏捏他的腿，一会儿又握住他右肩膀处的残肢，正当她要替他按摩太阳穴的时候，一声很响的惊雷令许汀舟捂紧了左耳。她甚至看到他短小得可怜的右臂也举了起来，下意识而徒劳无功地想把另一只耳朵也捂住。然而他做不到，他只能更深地往墙角里躲，仿佛那样便能抵御那雷声。

　　林棉心疼地伸手将他的右耳捂住，"这样有没有好一点？"

　　他咽下一口唾液，迟缓地点点头。

　　林棉这时才回忆起，许汀舟的右臂，是在一个雷雨天被打掉的。

　　原来他一直没有完全走出来。

　　她像哄一个孩子一样，轻柔地安抚道："不怕啊，汀舟，雨一会儿就停了。"她刻意避开了"打雷""闪电"这两个词。

　　直到这场电闪雷鸣彻底停止，他的面色渐渐恢复如常，她才放下捂住他右耳的手。

　　"我扶你慢慢站起来好吗？"

　　他尴尬地往墙壁闪了闪："谢谢，我自己可以！"

　　她未勉强他，只是不放心地一直盯着他慢慢扶墙站起，回到椅子上坐下才安心。

　　"喝咖啡吗？"她望了桌上的咖啡杯一眼，紧张兮兮抽了张面巾纸擦了擦泼洒出来的咖啡渍才将杯子推近了他，"不好意思，我毛手毛脚地把咖啡洒出来了。"

　　"是我刚才吓到你了吧？"

　　她未否认，"是有点。"

　　"看来我应该记得锁门。"他苦笑。

　　"你不想这种时候被人看到，对不对？"

　　"谁希望被看成一个怪物呢？又或者说，即便是一个怪物，也怕被人看穿自己的真实模样吧！"许汀舟喝了一口咖啡，"现在你知道了，我不止身体残疾，心理也是残疾的。"

"我知道了。"林棉说。

"呵，"他笑得意味深长，"你想和我说你不在乎？"

"我在乎的。"林棉的眼眸坦荡纯粹，"心理病，得治。"

"我试过，治不好。"

"现在还没好，不代表以后不能好。"她固执得像个孩子，"你能好的。"

"你凭什么能比我自己还有信心？"

林棉笑得羞涩却坚定："大概，是因为你不够爱自己，而我……"

许汀舟脸上浮起可疑的红晕，干咳道："工作时间，你别和我谈这些，我们……只是上下级的关系。"

林棉暮然想起刚刚在天台上，沈乔说的那句"这么多年来，你是除了苏心蕴以外，第一个能够吸引许汀舟注意力的女孩子"，由此来了勇气："那么，非工作时间，我能和你谈这些吗？"

许汀舟斜睨了她一眼。

林棉好不容易冒出来的勇气霎时退散，扭转身子便逃也似的开门跑出了许汀舟的办公室。

林棉决意对许汀舟展开追求，并不是一时冲动说说而已。她没有缜密的计划，但绝对有实施的勇气。工作的八小时内，她尽好职责本分，甚少和许汀舟谈及私人感情。唯有进进出出时，克制不住的目光追随而已。下班之后，她几乎每天都会发几条微信，斟酌着词句表述关心。许是她的文字并不肉麻到令人讨厌，许汀舟倒也多半会简短地回复她一句半句。对此她已知足，胆子也大了几分。

一日她歪在床上捧着手机给他发消息，一行字打打删删，又是傻笑又是皱眉的，全然未发现母亲就站在门口看着自己。等好不容易编辑完这条微信发出去，才看到母亲已经立在自己床头。

她心虚地跃起来，把手机往枕头下一塞："妈，你吓我一跳。"

"谈恋爱了？"肖欢蕊淡淡地问，眼中却是洞察一切的了然神色。

"没呢！"这也不算是说谎，截至目前，这应当只能算是她的单恋。

肖欢蕊显然不信："谈恋爱也是好事，只是，你别告诉我是和那个许总——他不成。"

林棉听出母亲话中对许汀舟有些轻慢，不由得心里有些不舒服，话也变得刺刺的："怎么偏偏他就不成了？"

"那还用明说吗？"肖欢蕊叹了口气，眼中似有惋惜，"我也可惜他，但可惜归可惜……"

"妈，"林棉下了决心摊牌，"可我喜欢他，我就喜欢他！如果要谈恋爱，我就想和许汀舟谈。"

肖欢蕊倒也不显得多惊讶："你俩果然有事！我还是那句话，我不会同意的。"

"恐怕还没有到要您老同意的那步呢！"林棉咬唇道，"我喜欢许汀舟是没错，可他本人还没同意呢！"

这下轮到肖欢蕊傻眼："什么意思？你是要跟我说你上赶着贴人家？"

"什么叫贴？真难听！我不过就是在追求他罢了。这年代，女生主动点也不是稀奇事。"

"你可真出息！"肖欢蕊嚷道，"他是个什么宝贝？还要你这样去争、去抢？他凭什么看不上你？你哪点配不上他？就算他有几个钱，那也……也弥补不了他的缺陷。他还挑拣上你了？"

"哎，妈！这……这种事根本不能那样计算的嘛！"林棉又好气又好笑，"总之你也不需要提前想太多，你要摆架子、设考题都得等我得手了再说，行吗？老实讲，许汀舟很难追的，我不一定成功。"

肖欢蕊的眼睛瞪得更大了："疯了吧你？没见过好男人？"

话都说到这个份上了，林棉也懒得扭捏："没见过比他好的。"

"他可是少了条胳膊欸！腿脚也不好！"

"我也不瞎，你看到的，我也看得到。但我觉得，这都不算什么。"

"这还不算什么？"

林棉郑重摇头。

肖欢蕊不说话了。

"妈妈！外婆！"

小谷不知何时走了进来，脸上带着惺忪睡意，"你们怎么都不陪我睡觉哇？"

肖欢蕊挽起小谷的手说："走，外婆陪你睡觉去。"

见母亲不再言辞激烈地反对自己追求许汀舟，林棉反而有些拿不准母亲的意思，不由狐疑道："妈，你……你不骂我了？"

"骂你有什么用！你这个没脑子的丫头……"肖欢蕊嘟囔道，"你要是连个瘸子都追不上，我看你也嫁不到什么好男人了。我再操心有什么用？还是趁早死心，随你的便吧。"

林棉略一琢磨母亲的话，便笑了起来。母亲刀子嘴豆腐心，刚刚这话虽然难听些，却已经是做出让步了。

母亲带着小谷去睡觉，林棉拿起手机，看到有一条新消息进来，是许汀舟发来的。

——最近没有时间，等处理完一些重要的事，再请你吃饭。

林棉盯着这句话，她分不清是推托之词，还是他真的分身乏术。但林棉也谈不上多失望，自我安慰地看：起码，他没有对她的邀约置之不理，总是礼貌回应着。这至少表示，自己还不是很讨人嫌。

——好的。小谷也说很想你，等你有空，我可不可以带她来见你？

她不是有意拿女儿当借口，小谷的确时不时提起这位许叔叔，她呢，也的确担心许汀舟会觉得单独和自己私下约会会尴尬，带上小谷，可能彼此相处都自然许多。

许汀舟很快回道：

——当然可以。

林棉回了个笑脸，放下手机，蒙上被子吃吃地笑了半天，才关灯睡觉。

第二天下班前，林棉被叫到许汀舟办公室。她以为有什么公事要她处理，没想到许汀舟从小隔间里抱出一大一小两只泰迪熊公仔来，小的夹在左臂的咯吱窝下，大的直接提在手上，随后将两只公仔放到她身旁的沙发椅上。

"这？"林棉挠了挠头皮，他西装革履却带着两只公仔蹒跚前行的模样显得格外不搭，她一时竟不知道说些什么好。

"路过玩具店给小谷买的礼物。小的给小谷，大的……我觉得挺适合你的，也买了。"他的眼里星星闪闪，带着少年般的清澈，"我没有孩子，不知道小孩子喜欢什么。"似乎担心这句话产生歧义，他又补充了一句，"我也不知道你们女孩子喜欢什么。"

"因为你也没有女朋友？"林棉心花怒放兼得意忘形，便不管后果地开起许汀舟的玩笑来了。

他的脸色瞬时一变，她顿时没了底气，忙做举手投降状："我开玩笑的。"

"林棉，我不需要女朋友。"他沉沉地说，"但我也是群居动物，希望有正常的社交，也渴望友谊。"

她哪儿敢逼他太紧，自找了台阶道："嗯嗯，友谊万岁！"

她一手一个抱起公仔准备开溜，许汀舟却叫住了她："今天我送你。"

林棉刚想客套两句，却听他道出理由："你抱着这么大的公仔，坐地铁或者公车都不方便。"

林棉心里暖暖的，为着他的细心。即便那份细心体贴只是出于他的教养，并不专属于自己，她也难掩心中泛起小小的快乐。

快到家的时候，林棉灵机一动，对前排的许汀舟道："许总，都到我家了，不如去看看小谷吧？她可想你了！"

林棉不敢抱太大的希望能邀约成功，但是，她就是想和他多一点相处的时间。在公司，他们几乎只谈公事，可就算是公事，她的工作范围和能许汀舟直接接洽的地方也不多，更别提私人感情了。如今难得有机会私下相处，她真舍不得这么短暂啊！

车子转眼已经停在了楼下。许汀舟还没回答她，林棉却看到母亲带着小谷从楼道口出来，停在了他们的车旁。

"妈，你怎么带着小谷下来了？"林棉落下车窗。

"喏，你的宝贝女儿吵着要吃薯片，我带她出去买呀！"

"外婆，我没吵……"小谷撇撇小嘴，似乎有些委屈。

副驾驶座的车窗也落了下来。

"哎哟，巧了，小谷你看看，这是谁啊？你不是一直想见许叔叔吗？"肖欢蕊指了指副驾驶位的许汀舟给小谷看。

"许叔叔！"小谷甜甜地冲着车窗里的许汀舟叫了一声。

许汀舟回以一笑，又细声嘱咐肖欢蕊把孩子带得离车门远些，这才开门下车。

林棉见状也跟着下了车。肖欢蕊招呼着许汀舟上家里坐，而许汀舟也没有表示拒绝。

林棉回想起许汀舟第一次来她家的时候，上楼时吃力的模样，便刻意走在他的近旁，原本是想在必要的时候搀他一把，却发现根本没有她可以去搀扶的地方。

楼梯的扶手设在右手边，许汀舟扶不了。他只能左手扶着墙壁，不时还会停下来用手搬动一下不灵便的那条腿，看得跟在后面走的林棉心头发颤。

"你……"她忍不住要开口请他接受自己的帮助，却不想被他忽然一转头打断。

许汀舟说："我走得慢，你不用管我的。"

她喃喃道："我想扶着你走。"

他微微一笑："没有这个需要，也……没有可让你扶着的……地方。"

他的双眸低垂了下来，声音也有些发涩。

她抬眸，视线落到他空荡荡的右袖管，一时间脑袋一热，往他身边一挤，几乎是用了蛮力般强硬地揽住他的腰道："谁说没有？"

许汀舟下意识地挣扎了一下，然而林棉的手黏得更紧了。他无奈地小声道："别小孩子脾气了，长辈和孩子都在呢！再说，如果真的需要，我可以叫于师傅扶我。"

"那什么……你们一家子好好吃顿饭，我就不上去了，一会儿完事了许总你打我电话，我去转转！"于师傅说完就掉头跑了。

许汀舟和林棉呆呆地互望了一眼，还没反应过来便听到走在前头的肖欢蕊说："我带小谷先上去。棉棉，你小心扶着点小许，这楼道又黑又陡的，别让他摔了。"

林棉似乎从母亲的反应里得到了更大的勇气，一本正经地冲许汀舟道："比起我，你情愿信赖这堵冷冰冰的墙？"

"不是，"他辩解道，"只是你并不知道怎么发力才能帮到我。"

"所以，我才请求你给个机会——"林棉看着他，诚恳、认真、温柔地道，"不试一试怎么知道？"

他左手依然扶着墙，却也没有继续试图挣脱林棉的"掌控"，抬起右腿，又借着林棉手臂上托的力量，把左腿带上了台阶。

扶着他，她才更真切地感受到他行走的不易，克制着自己的怜惜，她尽量用平静的口吻问："怎样做能让你省力点？"

"不是你的问题。"许汀舟道，"是我的腿部神经坏了，使不上力。"

安慰的话都显苍白。她不再说什么，专心而安静地扶着他走完剩下的台阶。

"不知道今天会有客人来，都是家常菜，小许，你别见笑！"肖欢蕊的语气谈不上热情，但也不至冷漠疏离，抬手招呼林棉把许汀舟扶到客厅里唯一的一张小沙发上坐下，便进厨房端菜去了。

"许叔叔！"林棉刚一从许汀舟的腰际松手，小谷就像扭糖似的贴了上来，许汀舟干脆一手抱起她，让她坐在自己的腿上。

"你累不累？要不要叫小谷下来？"林棉见状不免担心他。之前走那段楼梯，他怕是已累到了。

许汀舟摇摇头："没事，倒是你，扶我这一路，累到了吧？"

林棉想也没想，说："累倒是有一点累，可是你没推开我，我好开心呀！"

"咦，许叔叔你脸好红哦！"小谷天真地摸了摸许汀舟的脸庞。

许汀舟干咳了一声："叔叔是觉得挺不好意思的，这么大了，还要你妈妈扶着上楼。不像我们小谷，走得这么快、这么好。"

这话半是掩饰、半是玩笑，可又隐隐透着伤感。林棉不想让这情绪弥漫开来，引得自己和许汀舟更加深陷其中，便岔开话题："小谷，都快开饭了，怎么还闹着要外婆出去买零食吃呀？"

"我才没闹，是外婆在窗口看到你和许叔叔，带我下去接你们的。"

"哎呀，你这孩子！"肖欢蕊端着汤锅走出厨房，忙不迭打断小谷，却也来不及了，索性道，"小许，你不介意阿姨找你谈谈吧？"

"妈你这是要做什么呀？"母亲的反应让林棉明白了七八分。可不是吗？平时小谷饭前要吃零食，母亲都是不让的，今天怎么会突然特地陪小谷出去买薯片呢？

"阿姨您请说。"许汀舟客客气气地回道。

"不忙，边吃边说。"

小谷从许汀舟身上下来，又挽着他的左手一直把他拉到餐桌旁坐下，林棉本想让许汀舟先回去的话都变得无从开口。

肖欢蕊替许汀舟盛了碗汤，"夹菜什么的，有什么不方便的，你只管告诉阿姨。"

"不会。"他说，"就是我用的是左手，吃饭容易和你们的右手打架，你们坐得离我远点就是。"

"哦，我以前在厂里有个姐妹，也是左撇子，每次中午在食堂吃饭呀，我都是坐她边上的，这不是大问题，习惯了就好。棉棉，你就坐小许边上吧。"

林棉原本被肖欢蕊突如其来的态度转变弄得乱了方向，正站在一边愣神，听到母亲这么说，便挨着许汀舟坐了。

"阿姨，我的问题……不是左撇子那么简单。"许是觉出了肖欢蕊接下来可能会谈的话题，许汀舟沉声道，"所以如果您有什么误会，我想我应该和您说清楚。"

"小许，我也不妨坦白告诉你，对于你这个小伙子，我很喜欢。但是对于你作为女婿的人选，我很不满意，你明白阿姨的意思吗？"

"妈！"林棉恼了，"谁稀罕做你的女婿人选了？许汀舟才没有，是我自己一厢情愿！"

"还没到你插嘴的时候。"肖欢蕊不疾不徐地道，"小许，我再问你一遍，你明不明白阿姨的意思？"

"明白。"

肖欢蕊话锋一转："但是，我自己的女儿我更清楚，她呀，家世不太好、脑子也不算灵光，又带着个小孩儿，恐怕要依着我的私心，找个条件让我处处满意的，也不容易。你……起码是她自己喜欢的，比随便拉郎配的强上许多。"

"妈，"见母亲对许汀舟的态度有所缓和，林棉的口气也软和下来，"我喜欢他是我的事，你不能强迫他接受啊！"

"这话说的，这年头哪有强买强卖的？"肖欢蕊道，"就是许家家大业大的，当初登门要请你嫁过去，不也不能硬来吗？我们做长辈的，顶破天也就是想给你们一些建议，至于你们想怎么样，哪里由得我们做主？"

"林棉，让阿姨把话说完。"许汀舟心平气和地道。

林棉干脆放弃，低头有一搭没一搭地划拉起碗里的饭来。

肖欢蕊盯着许汀舟问道："小许，你就给我个痛快话，你对林棉有没有那个意思？"

"如果您指的是男女之情，确实没有。"

"那也好。只是阿姨要给你个忠告，下次你对女下属可别那么体贴，所有交流都止步于上班那八小时内，不准车接车送，也别管人家家里发生了什么事，免得招惹些不懂事的小姑娘犯花痴。"

"老板关心员工，也没错啊！"林棉嘟囔道。

"死丫头你可争点气吧！"肖欢蕊嗔道，"你没听他说对你没那意思？"

"他不说我也知道啊，这不我才那么努力的吗？"林棉回嚷道。

"我吃好了。"小谷张着一张小油嘴道，"许叔叔，外面好吵哦，你陪我去房间里玩吧。"

林棉、许汀舟、肖欢蕊被孩子这突如其来的打断弄得一愣，待反应过来后，3个人都忍不住嘴角泛起笑意。

"好的，小谷，你带叔叔去参观你的房间吧。"许汀舟任由小谷勾着他的手指头，走向卧室。

"小许，"肖欢蕊在通向卧室的走道上叫住了他，"如果你对我们家林棉真的没有进一步的意思，那么这将是我们家最后一次招待你。你以后也不要来了，我和小谷都不会再见你。至于林棉，我也会劝她辞职，我不会让她再烦着你了。"

"妈，你没有这个权利。"林棉抗议。

许汀舟停下脚步，哄着小谷先进卧室，又轻轻带上门才道："阿姨，我可以不来，可是林棉的工作做得好好的，您不能拿她的前途赌气。"

"我自己的女儿我自己清楚，要说工作能力，她恐怕算不上特别出色，更谈不上能让老板另眼相看的地步，一份普通的助理工作，也未必一定有什么前途。依我看，她不缺这份工作，你更不缺好的助理人选，互相都没什么不可替代的，不是吗？"

　　许汀舟似乎有些迟疑，过了一会儿才道："是……"

　　他的语气里有些颓丧，甚至是一种挫败感。接着他带着恳求道："我可不可以陪小谷玩一会儿再走？"

　　见肖欢蕊冷着脸点点头，他才推开卧室的房门。

　　林棉本想后脚跟进去，转念一想还是先将炮火对准了自己的母亲：

　　"你为什么要这么跟许汀舟过不去！他做错什么了？"

　　"他的问题就在于做得太多了！"肖欢蕊道，"有的人，说得太多做得太少，有的人做得太多，却不肯承认。又或者，是他自己也没弄明白自己要干什么。棉棉，我是要逼他，我是要逼他看清他自己！腿长在你们自己身上，就算他是瘸的，你硬要他来，也是会千方百计拉他上来，就算我把他拦在门外，你还会跟着他跑出去，我哪里能拦得住你们？我就是要拿话堵得他无路可逃，放心吧，看他的反应，他舍不得和你断绝往来。"

　　"……我没听错吧？"林棉后知后觉，仍然心怀疑惑，讷讷道，"你这是在想方设法促成我和他？"

　　肖欢蕊赏了她一白眼："不然我费那力气做什么？"

　　林棉喜上眉梢之余，又扭在母亲身上撒娇道："那妈妈，可不可以求你一件事呀？"

　　"你又出什么鬼？"

　　林棉压低了声儿道："就算是为了帮我，你也不能凶许汀舟，更不可以故意拿他的缺陷说事儿——我不要他难堪，他一难堪，我就难过。"

林棉推门走进卧室，只见小谷坐在许汀舟身上，而许汀舟正拿着一个小本子端详，眉目低垂，神情温柔，小谷则一边为他翻页，一边指着本子上的内容为他叽叽咕咕地做介绍。

　　许汀舟听到她进门的动静，抬起眼道："小谷在给我看她的画册，她很有绘画天分。"

　　"这么小的孩子，哪里看得出来绘画天分？我也是胡乱让她画，平时也没人教她。"

　　林棉料他也只是随口捧场几句，谁知道许汀舟郑重道："是真的，她的色彩感觉已经超过了普通的同龄人，线条也画得很好，我觉得是可塑之才。"

　　林棉见他认真，不由得也高兴起来，想到曾听说许汀舟也曾在美院学习，也算半个专家，便虚心求教道："那你看，要不要给她报个班学学素描什么的？"

　　"千万不要！"许汀舟说，"还没到那时候。你更不要让她接触简笔画之类的，这只会禁锢她的想象力。技巧方面，后天可学，但是想象力、创造力，才是艺术的灵魂。"

　　林棉见他眼中突然泛出的神采，忽然心生伤感。

　　"林棉，你怎么不说话？"许汀舟的语气有些紧张的试探，"我是不是一直以来都太多管闲事……"

　　一声轻轻的叹息，"许汀舟，我想起你跟我说过，你曾经想成为一个雕塑家。好可惜哦，我觉得，你本来应该一定会是一个伟大的雕塑家的。"

　　"谢谢！"

　　"谢我？"

"我谢的是你不加掩饰的惋惜。"他的唇角竟笑了笑，"比起虚假的宽慰，这让我感到坦然。"

"别人的安慰会让你不安吗？"

"为了让当事人不感到尴尬、伤心，而假装丢掉胳膊不是一件大不了的事，这样的演技很难逼真吧？而我呢，也往往要给予对方面子，假装接受了他们的劝解，让他们相信我认同他们自己都不相信的观点，假装已经不在意和胳膊一起丢失的梦想。比较起来，你的坦率反应是不是可爱得多？"

"这么一想，好像……真的是啊！"

"可不是！"他的笑看起来并不牵强。

"哎呀妈妈，"许汀舟怀里的小人儿突然爆发抗议，"你一进来，许叔叔就不理我了，也不看我画的画了，只看你了。"

林棉脸羞得通红，许汀舟也一脸尴尬。

"时间不早了，我打电话给于师傅。"他说。

"要走了吗？"林棉有些依依不舍。

"嗯，再不走，你妈妈要下逐客令了。"

"我妈的话，你别放心上。"虽说林棉已经知道母亲名为反对，实为促成自己与许汀舟，但听他似乎话里有些委屈，就顾不得母亲的策略了，"还有，我不会辞职的。"

他的眼睛明显亮了亮，声音里竟有难掩的喜悦："那太好了。"

林棉送许汀舟下楼。这一次，许汀舟无论如何也不让她再揽着他走，她也不勉强，和他保持着适度的距离，边陪他缓步下楼边观察他是否需要帮助。

“你希望我留下，是因为我的工作表现无可挑剔？”在楼梯拐角处，她忍不住问。

许汀舟似乎在思索如何回答这个看似简单的问题，最后他选择了真诚：“无可挑剔是个太高的标准了。”

她知道他说的是真心话，可不免还是有些失望，心里便有了赌气之意：“看来，只有心蕴姐才担得起这4个字的评价了。”

许汀舟蹙眉：“不要让你的情绪左右你的舌头，林棉，你开始公私不分了。”

“如果要公私分明，你根本不会来我这里吧？你给我和小谷买亲子公仔是公事？你送我回来是公事？我妈妈病了，你照顾小谷是公事？你怕我饿到，给我做意面也算公事吗？你做了那么多莫名其妙的‘公事’，还要我保持公私分明，你真是很霸道，仿佛所有的界限都是由你来划定的，你不讲理！”

她的怒火发作得很突然，许汀舟明显愣住，连她自己事后也被吓到了。

“或许你妈妈说得对，我确实做了很多莫名其妙的事。”他倚靠在墙角，看上去疲于招架。

“喂……”林棉心软地嚷了一声。走道昏黄的灯光下，他看上去脸色青白，左腿微微打战。

“腿疼吗？”

“可能刚才在房里一个姿势坐久了，突然走楼梯有点麻。”

“我就知道不能让小谷坐在你腿上嘛，下次你不许宠着她了！”林棉早就把刚才的那顿火气抛到九霄云外去了，"去台阶上坐一会？"

他咬牙点点头。林棉扶着他挪到最近的几级台阶坐下。

"地上有点脏，你将就下吧。"她皱着眉头说。

"没关系。"他说，"害你发顿脾气都不能畅快，对不起。"他的语气没有丝毫揶揄，全然真挚。

"可不是吗？"她挨着他坐下，"对你我一点脾气都没有了。"

"林棉，"他带着一丝无奈和几缕怜惜说，"你是在浪费时间。"

"我才22岁，还有资本浪费时间。"她的话是那么阳光、那么干脆、带着一腔孤勇，"而且，你值得我争取，就算最后证明我失败了，也不能说是蹉跎了年华，我仍然会以认识你、爱上你、追求你的过程为荣。"

"你觉得我爱苏心蕴吗？"沉默良久，他蓦然开口问道。

"大概……是爱着的吧。"她发现自己很不甘心承认这个答案。

他的声音苦涩而又坚定："你看，即使我爱着一个人，我也没有想过要和她在一起。所以，你的冒险尝试，结果恐怕不会乐观。"

"没有比现在放弃更不乐观的结局了。"林棉晃了晃脑袋，似乎要把所有消极的念头甩开，"你可以做到的，是把我从'文心'开除出去，但你不能做到——把你从我的心里开除出去。"

她的话温柔而又铿锵，带着淡淡的笑和微湿的眼眶。他们四目相对，直到安静无声、感应灯熄灭。她忽然将身子倚靠向他的肩头，他残存的右肩骨骼硌得她有些疼。

"告诉我，如果我是你的困扰，为什么不干脆选择开除我？"她问。

他的喉结滚动，肩膀微微缩拢。

"不要沉默、不要逃避。"她鼓励着他，"我要真话，坦率始终比掩饰可爱。"

"我……对你我可能……并不能完全地做到公私分明……"

"你有些喜欢我了？"她步步紧逼。

他显得很苦恼，甚至带着些许的内疚："我没想过这个问题。对不起，我不知道自己原来这么无赖……"

他的唇被一股温热的气息堵住，像是一片云，又轻、又软，缥缈得几乎不真实，他几乎是下意识地衔住了那片"云"，两个人如同跌坠进了同一场梦中。

许久，她凑近他的耳畔轻轻说道："现在，你可以开始想这个问题了。我很高兴，今天它正式成了一个问题。"

「汀舟，我第一次追一个男生，谢谢你没有逃。

我不止没有逃，我也想走近你。」

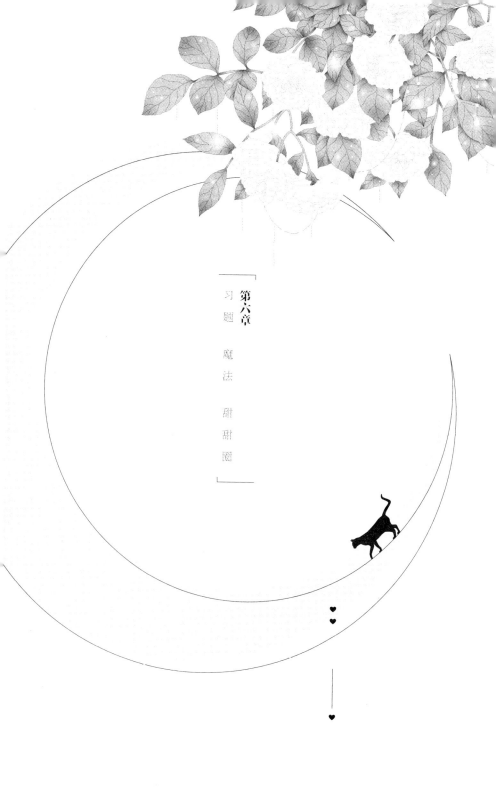

第六章

习题 魔法 甜甜圈

一宿没睡踏实，第二天早上，林棉顶了个黑眼圈上班。

打开邮箱后收到的第一封邮件不太寻常，让她的困意收敛了起来。

邮件标题是：关于副总经理赵富刚引咎辞职的通告

林棉在"文心"上班已有一段时间，她当然知道赵富刚是许家的姑爷。但关于赵富刚辞职的内幕，她事先毫不知晓。她点开邮件看正文：

各位文心同仁：

公司查实副总经理赵富刚在其管理的业务范围内，与某业务合作伙伴有私下巨额经济来往，且其个人投资参股的外部公司与文心集团有业务关联和利益冲突。

对此，赵富刚已主动向公司提出引咎辞职，公司决定予以批准。即日起，赵富刚不再担任公司任何职务。

林棉回想起前些天无意间见到听到苏心蕴和许汀舟交流的一些蛛丝马迹，对应上今天这封邮件，很多事这才看明白。

她在公司人微位卑，家族争斗也好、名利相争也罢，都不是她可以插手去管的。想起那天去许家，许汀兰阴阳怪气的态度，也可推测出许汀舟坐在现在的这个位置，其实并不容易。

　　许汀舟一上午都没找过她。以前倒也不是没有这种情况，许是真的没什么特别的事要吩咐她做也说不定。可是经过了昨晚，她不免想东想西，生怕他是有意避开她。

　　他还记得他钻进车里前，朝她看了一眼，那目光在路灯下显得很深、很亮，但并没有躲闪。他的神情细究起来总是带着一抹清冷的忧伤，她情不自禁地轻轻拥了他一下，又不舍地缓缓放开。

　　"我不是要你马上接受我成为你的女朋友，你就当我是你爸爸给你安排的相亲对象。是不是容易接受一点？这方面你应该有经验，而且据过往来看，你并不抗拒，对吧？"她故意用一种轻快的口吻道。

　　"我过往的经验都是失败的。"他的声音平静。

　　林棉道："那这次我会努力一点的。"

　　说是这么说，关于如何努力这一点，林棉其实心里也没谱。

　　更何况，今天过后，她准备请几天假准备论文答辩，要有一阵见不到许汀舟的面了。

　　好不容易把自己从想心事的状态拉到现实的工作中，幕然发觉有人径直闯入了许汀舟的办公室。那个人她见过，是许汀舟的姐姐许汀兰。

　　她进去的时候气势汹汹。苏心蕴显然也感觉到了不妙，从椅子上起身站了起来，却也没敢直接阻拦许汀兰的去路。

　　林棉也站了起来，跟到了许汀舟办公室门口。

　　许汀兰竟然也没有关门，直接朝着许汀舟吼道："是你逼富刚辞职的？"

许汀舟像是对这场风暴有所预料，显得心平气和，慢悠悠地起身往门边走，在他试图合上房门的一刻，手被许汀兰狠狠抓住："怎么，要玩'家丑不可外扬'这一套？哼，我看也不必了，门外的这两个对你来说和自己人也差不离。发生这种事，她们指不定心里暗自痛快得很呢！"

　　"姐，与她们无关的事情，何必扯到她们身上？"

　　"她们背地里帮你一起搞了多少小动作，你自己清楚！"

　　林棉对于他们家族内部的争斗所知甚少，关于赵富刚的辞职，她甚至也是刚刚知道。这通指责，她甚冤枉。但这些她通通不在乎，她只是很生气，许汀兰对自己的亲弟弟这样咄咄逼人。看许汀兰一把甩开许汀舟的左手时，几乎让他打了个趔趄。林棉本能地拉了把他的手，护到了他身前。

　　她的动作让许汀兰露出鄙夷之色，冷笑道："这就是你说的'无关'之人？"

　　"你说的事情，和我的确无关，但是，你现在要对话的人，却和我大有关系。"林棉毫不示弱，"我不许你这样对待许汀舟。"

　　许汀舟把她拉到身后，对许汀兰道："辞职是我给赵富刚的选择，他当然也可以有其他选项，但未必能保持现在这份体面。我很高兴他做出了正确的选择，更不希望他惹上官司。因为，毕竟他名义上还是我的姐夫，我也不希望让你太难堪。至于你恨我怪我，我无话可说。我一直亏欠你，如果你认为我又欠了你一次，那我也认了。"

　　"许小姐，这里是办公室，您已经妨碍到我们正常的工作了。即便'文心'是许家的企业，但我想作为员工，我们也有维护自己拥有一个良好工作环境的权利。如果您对许总有什么情绪和恩怨，可以回到家里和许总慢慢沟通。如果赵副总本人对刚刚宣布的通告有疑问，可以去找HR部门协商。"苏心蕴不卑不亢地微笑问道，"许小姐，您要在这里坐一会儿吗？要喝茶还是咖啡？我现在为您准备。"

可能是觉得再待下去也没趣，许汀兰恨恨地走出了办公室。

"怎么样，没伤到吧？"苏心蕴凑近许汀舟的右侧，满眼关切地对着许汀舟上下打量了一番。

她的动作十分自然，关心溢于言表，丝毫没有要在人前掩盖的意思。

"没事。"许汀舟轻轻地说，简短的两个字里却带着安抚的意味。

林棉觉得自己的勇气像一个一点一点泄气的皮球。

"我出去工作了。"林棉弱弱地在他的背后说道，她甚至不确定他能听到她这句无关紧要的话。

"林棉，"出乎她的意料，他叫住了她，"我有话和你谈。心蕴，你先出去吧。"

苏心蕴离开后，许汀舟指指椅子："坐下说。"

林棉待他慢慢走回他的座位坐下，才在他的对面坐了下来。

"吓到你了吗？"

"我见过你姐姐，她似乎……一直对你不太友好。"她犹豫着，但还是坦率地说了出来。

"并非'一直'，而是我残废以后。"

"我不懂。发生这样的不幸之后，作为姐姐，不是应该更加呵护自己弟弟吗？"

"小时候，姐姐一直很疼我，甚至为了我，牺牲了自己的理想，连婚姻都不算是完全自主的选择。但是她还是无怨无悔地为了我、为了这个家、为了这间公司这么做了。结果，我没有成为举世瞩目的雕塑家，我父亲骨子里又是一个传统的人，他对我是有偏爱的，可能在他心里，儿子才是继承家业的最佳人选。再加上，通过之前那两年对我姐姐和姐夫的考察，他们经营企业的能力实在也让父亲失望。当然，最关键的原因还因为发生了……那件事，我是再也不可能从事雕塑事业了。时机当然是很不好，可不管怎样，'文心'还是被交到了我的手里。"

林棉有些能够体会许汀兰的心情了。

许汀舟道："我们家就是这样一个连外表的和睦都做不到的支离破碎的家庭，而我也是一个从外表到内心都支离破碎的人。"

"所以你是要劝我放弃走进这个家，远离你？"

他的脸有些背光，她只模糊地看到他微颤的嘴角，却看不真切。

"不知道为什么，我只想让你了解现在的状况，却并不想……干脆利落地拒你于千里之外。林棉，昨晚我想了一夜，我不知道是我给你制造了一个问题，还是你……你为我出了一道难题。"

林棉一下子从椅子上跳了起来，伸长了双臂隔着桌面揉了揉许汀舟头发，开心地道："一晚上想不明白的事，就想两晚上、三晚上好了。"

许汀舟迟疑着，抬起左手，轻轻捉住了插在他发根处的林棉的一只小手。

她的手被他拿下来，移到唇瓣边。他的热气弄得她的手背痒痒的，她的手心紧张得微微冒汗。

终于，他吻了她的手指。

他们一个抬眸、一个垂目，笑得一样明媚。

毕业答辩过后，林棉一身轻松。

她和许汀舟的交往似乎很平顺。两个人下班后经常约饭，有时还意犹未尽地去清吧喝一点小酒。

林棉觉得这样就很好，也不求许汀舟在恋爱招式上有什么新奇花样，他能容许自己走在他的身边，甚至能允许自己在他需要扶助的时候挽住他的手臂，在他蹙眉沉思的时候用手指熨平他的眉心……那已经是极大的鼓舞了。但她不觉得自己的爱是卑微的，她只是勇敢地在向这个男人示爱罢了。

她还邀请了他参加自己的毕业典礼。一开始他犹犹豫豫，直到她赌气说他是不肯承认自己是她的男朋友才不愿在她同学面前露脸，他才说实话——

"我太醒目了，我怕你在那样的场合感到难堪。"他这样说。

他的心里话让她更了解了他心底的伤口。她像一条小蛇一样缠住了他的身躯："你当然醒目——千千万万人中，你独一无二，我以你为荣。"

他用力回抱了她，用他仅有的一条手臂。他的声音听上去竟然有些哽咽："如果是这样，我去。"

"等毕业典礼结束后，我要你陪我去看电影，我们居然还没有一起看过电影呢！"她略略扬起头，眨了眨眼俏皮地笑。

"没问题，我来安排。"

林棉有时候搞不清，他们是真的开始恋爱了还是只是开始尝试谈一场恋爱。无论如何，她倾尽全力自不待言，许汀舟也似乎毫无懈怠。这一路的发展，已经超乎她的预期。

　　毕业典礼那天许汀舟如约而至，他穿着得体，甚至还戴上了义肢，看上去是那么英俊。她上台领取毕业证书的时候，他就在台下温柔地看着她，不知是不是灯光的关系，竟然给她一种脉脉含情的感觉。

　　她落落大方地向要好的同学介绍起许汀舟。大家的反应或多或少都有些经过掩饰的惊诧，但好在都很克制。许汀舟也很得体地与她的同窗好友们打招呼。接着，她和同学们在校园里合影了一张又一张，许汀舟总是在不远处微笑着跟着她。

　　"一起照一张？"正好班上几对情侣要来张幸福大合影。有人提议让许汀舟这个"编外人员"也加入进来，和林棉配成一对，林棉小心思一动——她还没有和他一起照过相呢，正好哄他拍一张，虽然是大合影，但好歹也算是"官配认证"。

　　"你们都是同学，我夹在里头凑什么热闹……"许汀舟轻柔拒绝。

　　"不要紧的，好玩嘛！"林棉急切之下就没多想，抓起他的右臂准备晃。

　　那里没有温度。

　　林棉下意识地放开了。

　　许汀舟的脸刷地白了，嘴角掩饰地一笑，退后了一小步说："平时我不太戴，你还没习惯，所以忘了吧？"

　　见林棉和许汀舟他们一直不过去，其他人便等不及先开始拍照了。没有人注意到林棉和许汀舟两人之间现在的气氛有点压抑。

林棉咬了咬唇，再一次握住了他的"右手"："如果你喜欢戴义肢，我会习惯戴义肢的你；如果你觉得不戴更自在，我也早就接受你本来的样子。我知道你今天是为了我，才特意戴上了它，但我真正高兴的是——你的到来！"

　　"如果，"他抿着唇，安静了片刻才开口，眼里水光细碎，"如果你现在拉着的这只'手'是活着的、有生命的，此时它一定会牢牢地抓住你，把你拉进我的怀里。"

　　林棉感觉全世界都下起了雨，而她则像一只温顺而又大胆的小鹿一般蹿入了他的怀里："你有魔力，你已经轻而易举抓住了我，把我拉进了你的怀里！"

　　他长长的睫毛垂下来，而他的唇角却渐渐扬起。

　　"是你发掘了我的魔法。"

　　他的声音本身就是情话，无论他说什么，她似乎都会被催眠，心甘情愿地掉进一个温暖柔软的洞穴里。

　　"汀舟，既然这个魔法是我发掘的，我要你答应：你的魔法不可以对别人用。"她喃喃地吐露心声。

　　他伸出左手刮了下她的鼻头，又轻轻地替她揉了揉："你在乱担心。"

　　他的话简单，却也让她确定他了解自己最在意、最担心的是什么。然而她也不想表现得过于小气，毕竟，他和苏心蕴之间那些呼之欲出却始终未明朗的情愫是她一开始就知道的。如今再拿这个来作，也太没意思了。

　　"我……只有一个问题……"她羞怯又有些小心翼翼地说。

　　"嗯？"

"你和她……合过影吗？"

他先是一愣，然后噗地笑了出来："有。"

"哦。"她垂头丧气，暗骂自己真是在自虐。

他的嘴角有难以掩饰的上翘："在公司很多聚会的场合，还有几次是和沈乔他们一起……"

"没有单独两个人的？"她在他胸前踮起脚尖，抬起头看着他的眼睛，仿佛这样能离真相更近一些。

"没有。"他看着她略带稚气的模样，眉角浮起笑意。

"难以置信。"

他忽然轻轻捏住她的下巴，垂下头，吻住了她柔软的唇瓣。

"现在相信了吗？"他抚摸她的耳廓，声息在她的耳畔轻轻拂过。

"如果你愿意的话，我们请你的同学给我们合个影好吗？"

她知道他能说出这句话有多么难得，她忙跑到正在合影的同学中请求帮忙。大家都在摆着各种姿势拍照，一时间不得闲。

"要找人拍照？需要我帮忙吗？"

林棉回头一看，是曲雨淙。

"谢谢！"林棉没想到这么巧，竟然是他。

他就是母亲口中曾经和她险些有进一步发展的那个男生。因为院系的一些活动，他们有了接触，最亲密的一次应该是大二时候的夏令营，林棉不小心扭伤了脚，曲雨淙殷勤备至，熟悉他们的人都以为他们会顺理成章地在一起。林棉对于斯斯文文、又体贴温柔的曲雨淙也不无好感。那样的年纪，遇到青涩的爱恋后，稍有一些文艺气质的男女都会变成诗人或者音乐家。曲雨淙也曾经对着她的窗台向她告白，让她心中第一次有了小鹿乱撞的感觉。林棉不是一个能把心事都瞒着家长的人，她甚至带曲雨淙来家里坐过。可是，曲雨淙看到小谷后面露难色，并将自己的家境对林棉坦诚以告。原来，他家里的负担也很重，虽然他的家离这座省城不远，可几乎是全省最贫穷的几个县之一。他的父母身体也不好，母亲更是完全丧失了劳动能力。家里还有一个姐姐和一个未成年的弟弟。

肖欢蕊从此便不看好他们的交往。事实上，无需母亲的阻挠，曲雨淙本身对这段感情就没有特别坚持，而林棉也理解他的想法。那几乎是一种本能的默契，在一段感情陷得太深之前，他们就选择了各自掉头。

"我还没恭喜你被保研。"前尘往事，已无所累，林棉真诚地对曲雨淙表示祝贺。

"谢谢！"他示意她把手机给他，"你工作也找好了？"

"嗯。"林棉把手机交给了他，小跑向许汀舟。直到挽住许汀舟，她微喘吁吁地扭头对曲雨淙道，"我们站好之后，你记得数一二三哦！"

照完相后，许汀舟让林棉把刚拍的合影传给她。

"咦，你也想要吗？"心里有小小的得意，她咬唇笑着道。

"当然。"他跟着笑起来，"这是我们两个人的合影。"他把重音着重放在"两个人"上。

她笑得更开怀了，迅速把照片发给了他，"我可以冲印出来放在办公桌上吗？"

他微微皱眉："还是不要了吧！"

她表示理解："嗯，在公司还是低调一点好。"

"你觉得公司里还有几个人不知道我和你在交往的？"他微微一笑，"只不过我觉得我照得不好看。"

"谁说的？我觉得你可好看了！"林棉提高了声音表达抗议，"当然咯，照片肯定没有真人好看。"

他说："那还是照片好一点。"他的美容手做得很逼真，静态的时候，几乎看不出有任何异样。

她知道他介意自己的残缺，心里一痛："我更喜欢真实的你。"

"有没有人教过你，女孩子要矜持一点，不要对一个男人太掏心掏肺，显得自己很在乎对方。你把你感情的底牌都亮给我看了，不怕吃亏吗？"

"那我就吃点亏好了。"她满不在乎地道，"当我给你很多很多的喜欢，你可以给我很少很少的喜欢，然后我俩平均一下——嘿，总分上我们互相还比较满意，这样不也可以吗？"

"嗯，听上去还不赖。"他笑起来眼睛亮亮的。

"对吧？"她开心得忘了形，双手搭上了他的双肩。然而许汀舟并没有下意识地闪避，反而任由她将双手按在了他的肩头。

林棉觉出了他和往日的不同，心中一动，趁势将自己的脑袋轻轻靠在了他的右肩。

"汀舟，我第一次追一个男生，谢谢你没有逃。"

许汀舟用左手托起她的脸庞："我不止没有逃，我也想走近你。"

林棉笑了笑，正要说什么，却被许汀舟打断了，他说："你同学还在那里，似乎在等你。"

　　林棉朝着许汀舟下巴指向的方向看去，曲雨淙还站在刚才林棉递给他手机的地方。

　　"那我再去打个招呼，然后我们去看电影吧？"

　　许汀舟温柔地点点头。

　　"我要先撤啦，祝你今后学业有成！"林棉朝曲雨淙走近一些后，道。说话间她已准备转身，只因她觉得没有必要过多地客套。

　　"林棉，你……你有没有怪过我懦弱自私？你现在的选择是真心想要的吗？"曲雨淙在她身后轻轻地问。

　　林棉真诚地笑了起来："没有。是的。"

　　说完，林棉上前挽住了许汀舟："走吧，汀舟。"

　　许汀舟和林棉在林阴道下走了几步，忽然开口问："他是不是觉得后悔了？"

　　"谁？你说刚刚碰到的同学？后悔什么？"

　　"后悔没有早点追求你。要是早一点追求你，肯定赢在起跑线上了。"

　　"这点心思你也看得出？看起来感情经验很丰富嘛！"林棉怕他不高兴，自己和曲雨淙严格说来又多少有些暧昧过往，因为"心虚"故意拿许汀舟打趣作为掩饰。

　　他显然没有上当："林棉，你在顾左右而言他。嗯……他想重新追求你吗？"

　　"不会。"她知道许汀舟不好糊弄，决定坦白："其实他也没有正式追求过我，最多……曾经存了点心思，不过，看到我家里负担重，就放弃我啦！"

"哦……"许汀舟意味深长地叹了一声。

"你在对此表达遗憾？"

"恰恰相反，我在表达庆幸。"

"为你失去一个竞争者？"

"不，为你少了一朵烂桃花。"他说，"我固然不怎么好，但他还不足以成为我的竞争者。如果你的眼界只能到……"他用拇指和食指画了个手势，继续道，"——'这里'的话，那我也没什么可说的了，我并不想加入这样的竞争队伍。"

他微仰着的头带着些孤高，几乎有些不可亲近。只有唇角淡淡的笑容让他看上去沾染了人间的烟火气息。林棉想，这个大概才是真正的他吧。

只是，林棉一个转念，又有些朦朦胧胧的苦涩感涌上心头。

许是见她沉默，许汀舟有些不安："让你不开心了？"

有些话凝结在喉头，她却怕一旦说出来会破坏气氛。她选择言不由衷："怎么会呢？你本来就不需要和任何人竞争的。"

许汀舟审视了她一番，末了弯了弯唇角："让我猜猜看你想什么？"

她紧张地逃避着他的注视，心里却觉得他不会猜到她的心思。

"林棉，如果我说实话，可能会对你有点儿打击。"许汀舟说，"可是如果我们避而不谈的话，那真的会成为彼此的一根刺。刚才我说的话，触动到你的一些神经了是不是？你在觉得奇怪，既然我认为一段感情不应该轻易因外力影响或者受自身条件的局限而选择放弃，我为什么不干脆和苏心蕴在一起？"

林棉没料到他的反应如此之快，他竟然说中了她的疑虑。

他叹息着轻笑了一声："事实就是，我没有表白的机会了，因为早在一开始，她就已经做出了选择，那个选择并不是我，而我也尊重她的选择。"

林棉有点儿受创，却也不好发作，整个人无精打采。

"但是，林棉，我也做出了我的选择。"许汀舟捧起她的脸颊，"在她放弃我的一刻，我也放弃了她。痛苦也好、不舍也好、不甘心也好，都已经成为了事实。也许有时候，那些情绪会发作一下，但我自己也有一种强烈的欲望，希望它们有一天能完全被平复。林棉，你愿意给我一点时间吗？"

林棉眨巴了一下眼睛，似乎在思考是不是让他"过关"，蓦地伸出一只手作势轻撕了下他的脸颊："真是坏透了的人！怎么可以把三心二意说得这么动听！我就是个白痴嘛，甘愿被你骗！"说话间，嘴角三分笑意渐渐漾成了七分。

许汀舟也跟着笑道："我是很坏，我坏就坏在太诚实，但，绝对没有骗你的意思。"

"我知道。"林棉顺势扑进他的胸膛，一只手摸着他的心脏位置道，"我要你每天都多喜欢我一点，你的心就那么大，总有一天装不下别人的。"

两人挽着臂到了校门口，司机已经等在那里了。

还没接近车子，车窗已经落下了，小谷从里面摇了摇手道："妈妈！"

"没和你商量，就先让车去接阿姨和小谷了，今天是个特别的日子，我想阿姨和小谷也应该加入庆祝的。"许汀舟道。

虽然二人世界的愿望泡汤，不过林棉也挺开心的，毕竟，许汀舟能想得那么周到，这也是他对自己重视的体现吧。

"一会儿吃完饭，我和你去看通宵电影吧？"在坐进车前的一瞬间，他软软的声音凑近她耳边低语道。

她心里的蜜化开，睁眼看整个世界都冒着甜甜圈、棒棒糖还有冰激凌！

人生啊，简直甜得一塌糊涂！

和家人吃完饭后，许汀舟先将肖欢蕊和小谷送回家，随后让司机开到滨水湾。

林棉疑惑道："不是去电影院吗？"

"不是。"他笑着，轻轻拨弄开她前额的碎发。

她被他温柔的举动撩拨得眼中泛起星辰，借着刚刚两杯红酒的劲伸手将他的颈按向自己，他略一停滞，便顺从地俯下脸轻啄在她的唇瓣上。

她回应得有些激烈，最后嘻嘻地笑了起来，摸了摸自己的嘴唇道："许汀舟你的嘴唇好软哦！"

他讷讷地道："你醉了。"

车子从灯光璀璨的市区一路向东郊行驶，最终停在了滨水湾的游艇俱乐部码头。

林棉虽然没来过私人游艇俱乐部，但也在电视里见过这类场所。她当然知道那是有钱人热衷的娱乐，对于眼前的一切，说不新奇、兴奋是假的。

从浮码头走向游艇的一路，也不知道是不是有酒精作用的关系，她整个人都沉浸在一种很不真实的感觉里。

直到她被带上游艇，吹着江风，她才有些回拢了心神，问道："你平时喜欢来游艇玩吗？"

"如果我自己可以开的话，大概会喜欢的。"

林棉酒醒了一半，意识到自己说错了话。

许汀舟继续道，"这艘游艇是我爸爸送的18岁成年礼，不过我自己没开过几次。"他说，"自从……后来几乎都是用于公司商务派对了，总算也没有浪费每年的维护费用。"他扭过头看了身边的她一眼，"别多想，我没有那么敏感。如果这让我在意那些已经无可挽回的不幸，我今天就不会把你带来这里。"

林棉吸了吸鼻子："我是在想，有钱人真的很过分！18岁的成年礼居然是一艘游艇！"

"如果你喜欢，我可以把它送给你。嗯，你可以先去考个游艇驾照，自己开才有意思。"

"我才不要。"林棉瞪大眼睛，"你真的要送，还是送我珠宝实在一点。"

"好啊！"他点头，"你喜欢什么材质的？"

"你可别当真啊！"她有些吃不准他的路数，"我只要能和你做普通恋人都会做的事情就很开心了。"

"普通恋人都会做的事情我未必做得到的。"他坦率地说，"我的身体情况也许会受限、时间上也未必能完全配合。"

她也诚恳地回道："汀舟，为难你的要求我是不会提的。事实上，能和我时不时地看场电影、吃个饭，甚至坐在一起聊聊天，让我觉得你不是离我那么远，我就满足了。"

"今天这样够近了吗？"

林棉仿佛沉浸在自己的憧憬中："很棒了呀！你知道吗？我想象中和你看电影的画面，就是去一个私人影院，房间里有很大很舒服的沙发，我可以横七竖八地躺在你的怀里，可以随便吃喝东西，随便讲话，也不会有人嫌我吵。"

"最后一条好像很重要，因为你有话唠的潜质。"他一本正经地说，嘴角却上弯了起来。

林棉也知道他在逗自己，也跟着笑了起来。

在她垂首笑的时候，许汀舟给了不远处侍立的一个服务生打扮的男人一个眼神。

"来，这边坐。"他轻轻扯住林棉的胳膊，她跟随着他走向一侧的躺椅。

"啊，我现在觉得，不看电影，就这样和你并排躺着看风景也是很惬意的。"林棉满足地望着江面。

"不想看电影了？"他问。

"可以下次看呀！"她甜滋滋地看向他，"下次应该也是可以的吧？"

"你不要后悔哦！"

话音刚落，林棉瞪大了眼睛，看着一块等离子屏幕从后甲板缓缓地落下来。

"这是……"

"电影院啊！效果不比外面的私人影院差的。而且有很多片子可以选，遥控器和电影介绍册就在你右手边。"

"这也太吓人了！"林棉嘟囔道，"我……我觉得自己好像闯到了不该闯入的世界里——太不真实了！"

"后悔？害怕？"

"后悔倒没有，害怕是有的。"

"为什么？"

"我和你的层次距离太悬殊了。"

"是很悬殊，我不过是个有钱的残疾人罢了。"

"你知道我不是这个意思。"

"林棉，因为残疾，我并不能享受游艇带来的快乐，甚至每次看到它都会觉得是一种讽刺。从我失去健康的肢体以后，除了必要的商务活动，我从来没有来过这艘游艇。可是今天，我来了，而且，还有一点期待。能和你这样吹着晚风看电影，我觉得很开心。"

她的心仿佛此刻被风鼓起的幔帐，轻盈而饱满："汀舟，谢谢你给我信心！"

"傻瓜，是你在给我信心啊！你让我觉得，可能……自己还没有那么糟糕吧，可能……即使只有一只手，还是有给予别人幸福的能力吧。"

林棉轻轻摇头："才不需要你的给予呢！因为和你在一起我就可以自动产生幸福感。因为幸福并不在谁的手中，而是心里的感觉。嘿，我现在的感觉就是——"她忽然双手拢住嘴唇，身体微微向前伸展，对着前方兴奋地大喊道："太棒啦！"

许汀舟沉默地打量着她，忽然伸出手覆上了她的脸颊："你的脸很烫，果然还是喝多了！"

"没有啊！"她酒劲上头却不自知。

看她眼中的迷离渐深，许汀舟摇头笑笑，让服务人员送来了薄毯，又亲自替她披好。

"许总，电影还需要放吗？"

"让她先睡一会儿吧。"他压低了声音道，"遥控器给我，我等下自己放。"

林棉酒醒后，已经是3个小时以后。

揉了揉眼睛，她发现许汀舟仍在旁边坐着。因为天还未亮，她对于自己睡了多久也没数。

眼前的屏幕上无声地放着一部外国电影。

"你怎么不叫醒我一起看！"她假意抱怨。

"你醒了？"他略直起身，往茶几上的玻璃杯里倒了些水，"先喝口水。"

她听话地端起杯子喝了几口，"什么电影？好看吗？"

"好多年前的片子了，正好翻到，听说还不错就看了，刚看了一半，你如果感兴趣的话，我倒回去放。"

"什么片名？"

"Before Sunrise."

"啊，我知道这个片子——《爱在黎明破晓前》，我那会儿还挺想看的，可是后来终究也没走进电影院。"

"这片子应该很适合你的。"他笑得有些奇怪。

"怎么说？"

"和你一样，女主角都有点话唠体质。"

他说的明明不是什么好话，却有办法把林棉逗乐。

"听上去，这电影不太对你胃口咯？"

"那倒也不是，有些对白还蛮有意思的。"他说，"这一点，也和你很像。"

她拿起茶几上的遥控器，把视频的音量调大。

电影里，男女主角躺在夜色中的草坪上，女主角问："你不想再见到我了吗？"

男主笑着说："假如现在给我一个选择，永远不见你还是娶你，我会选择娶你。也许这有点像浪漫的狗屁，但好多人结婚的理由比这还少。"

林棉和许汀舟不约而同地在暗夜里对视了一眼，深深地……

电影接下来的对白，他们都没有听清。

"你突然这样看着我，我会以为……"林棉自己也觉得不好意思往下说。

"以为我要向你求婚？"

"才不是呢，"她红着脸，"这太荒唐了。"

他笑了笑，脸上竟然浮现少年般的腼腆："的确，如果是这样，那也太荒唐了。我还没有这么多的……浪漫冲动。"他舔了舔唇，"我只是想告诉你，刚刚那一瞬间我突然意识到，如果那天让我在永远和你失去联系和答应与你尝试交往之间做选择，我会选后者——只是想和你说明这一点。"

屏幕里，男女主角约定6个月后在二人分别的车站见面。

林棉从躺椅上起身，笑盈盈地牵起许汀舟的左手。

“汀舟，天快亮啦！”

他们站在甲板上，一同眺望着遥远泛白的天际。

这一刻、下一刻、每一刻的风雨雷电，我都愿意和你分享。

我希望今后电闪雷鸣的时候，你第一个想到的，不是一场可怕的意外，而是现在这一刻的感觉。

第七章

捷径　歪招　小老虎

"你想调部门？"

在转正一个月后，林棉向许汀舟提出了她的请求。

许汀舟坐在老板椅上，抬眼望着林棉。

"是的。"她说。

"是为了避嫌？还是在我身边做得不开心？"

林棉想了想："避嫌的想法也是有的，但并不是重点。实话是……我有一点不自在。"

他揣测的目光从她脸庞扫过："因为苏心蕴？"

她无可否认，也不想撒谎，点头道："嗯。我想她也是、你也……"

"她是一个很成熟的职场人，能够处理好私事与公事的边界。你顾虑的，我觉得对她来说不是问题。"许汀舟说，"对我也不是。"

林棉只好道："那我听从公司安排。"

他问："你想进哪个部门？"

她思忖了几秒，谨慎地道："我没有多少工作经验，也不知道哪个部门愿意接收我。如果你强行安排的话，我的处境也会很尴尬，别的同事也会有想法。"

"你连这点承受力都没有的话，就没有资格提出刚才那样的要求。"许汀舟的口吻有些严厉，"既不能大方应对自己的处境，又顾忌周遭的异议。现在有一个机会，让你走在职场的捷径上，遭遇这些不是理所当然的吗？连承受这些的觉悟都没有的话，还是待在我的身边受庇护来得轻松一些不是吗？"

林棉因为羞愧而面红耳赤。

许是见她脸红沉默，心有不忍，他的眼神变得温和，语气也柔软了许多："对我而言，安排某个基础的职位给你毫无难度。可你自己最好想清楚，你的职业规划到底是什么？"

她鼓足勇气开口："……我想进文具设计部。"

他略一蹙眉，似乎对她的请求大感意外："为什么？"

"因为喜欢。"她说，"论资历，我显然是没有的。我小时候只学过3年绘画，后来因为学画太贵了，就没有坚持下去。电脑绘图的能力也只是业余水平，工业设计方面更是外行。可是，在进入'文心'后，我也曾跟你去参观过几次文具厂，还有……我第一天报到的时候，我才了解到原来有那么多左利手专用的文具。那个时候我就想，做这些设计是很有成就感的事。"

"你对于设计师工作有着令人感动的热忱和想象，不过，作为文具设计师，你还不够格。"他的口气认真，并无嘲讽之意，"我暂时不会把你正式调职，等我咨询过专业人士的意见后会安排你学习相关的课程。你白天需要上班，晚上需要上课。等你有了一定的设计基础后，你可以去文具设计部观摩学习、打下手。如果你能证明自己资质还不错的话，我可以做进一步的安排。"

林棉认为他的安排合理又妥帖，此时反而担忧的是自己的表现会不会让他失望。像是看穿了她的心事，许汀舟忽然软了眼神，道："不要觉得是为我而学，公司并不会因为少了一名设计师就大受损失，所以即便最后证明你没有设计的天分也没关系，我不会因此就看轻你。"

她嘟囔道："可是别人会说我这个什么都做不好的人配不上你。"

他起身，绕到她身旁，摸了摸她的头顶："没有那么严重。如果一个人只想做自己能完全掌控的事情，大概比较容易获得成功和肯定，也不会因为失败而被周遭的人嘲笑。可是，尝试自己想做却没有把握做成的事，才是真的勇敢吧？我觉得这样的人是没有被嘲笑的理由的。"

她抬起眸子看着他，而他在与她四目相对的一瞬闪避了眼神，竟然显得有些害羞。

"还有一件事，"他垂下手道，"和我在一起的时候，不要再提配与不配的问题。这个问题其实答案很明显，我……我才是比较弱势的一方，所以收起你的不自信。"

她忘了这里是办公室，下意识地便抓紧了他的左手臂晃了晃，赶紧道："我不是故意的嘛，我再不提了。你也不许胡思乱想。"

许汀舟任由她抓着手，笑道："好，我不想。"

直到听到敲门声，林棉才意识到现在还是工作时间。她心虚地撒开了手，在门被推开的前一刻跳开了两步，站定后还不忘朝许汀舟调皮地挤了挤眼。

苏心蕴抱着一叠文件进来，林棉朝她点头打了个招呼，退了出去。

"没有打扰你们吧？"苏心蕴问。

"不会。"许汀舟道。

苏心蕴一边将文件翻到需要签字的那一页，一边提醒需要许汀舟下午出席的会议安排。

"心蕴，"许汀舟在她准备离开的时候叫住了她，"我会尽快安排一个新的助手给你，不是实习生，是真正的助手。"

"林棉做得很好啊！"苏心蕴沉吟了一下，"……她提出的？"

许汀舟没有正面回答她，只说："在新人来之前，一切照旧，你还是安排她做她分内的所有工作。对了，等下帮我叫文具设计部的王劲逸过来。"

王劲逸来过之后，许汀舟召来了苏心蕴，将一页写满了各种设计课程的纸交给了她。

"麻烦你抽空替林棉去报个名，排一下课程的时间，不要冲突了。"许是怕苏心蕴接到这样偏私人的工作嫌麻烦，他又补充道，"原本该让她自己去报名的，只是这些课程加起来费用不低，她自尊心强，恐怕不会接受由我垫付学费。你以公司出资培养新人的名义去，学费我另外转给你。"

苏心蕴看了眼纸上的内容，问："林棉要转去文具设计部？"

"有这个打算，但未必能成。"他说，"她的基础太差了，所以，我找王劲逸商量了一下适合她这种初学者的课程。从画功到软件操作，要学习的东西很多。"

"你放心，我会办妥。"苏心蕴叠好那张课程纸，微微笑了一下，"看起来，你们进展得挺顺利。"

"比预想得顺利。"

苏心蕴低头问："你预想中的交往过程会很难吗？"

"和我谈恋爱，对方的压力会比我大很多吧。我拥有的和我失去的，都不是一个普通的女孩子可以承受的。在她周围，会有很多质疑的眼光。她的个性很单纯，甚至有点没心没肺，但她也不会毫无感觉，很多时候，我知道她也是因为顾及我的心情，假装自己对周遭的眼光全然不在意而已。"他的睫毛振了振，"我珍惜她的这份善良，更看重她为我而生出的勇敢。"

苏心蕴的语气有些犹豫："也许这样说很不公平，但……你就没有怀疑过她和你在一起的初衷吗？"

"如果她是为了所谓的捷径而接近我的话，那倒更好办了。她早就可以应允我父亲的条件，我大概也愿意配合她。"许汀舟道。

"那么你现在算是……另一种'配合'吗？"

"说是'配合'似乎显得有些无奈，事实上，我并没有觉得为难。"

苏心蕴走近了一步，看着他问："她让你动心了，是吗？"

"当然。"许汀舟回答得很快，"难道你认为，有什么别的原因让我下定决心和她在一起？"

"我只是没想到这么快……"

"很快吗？"他反问道，"在我父亲眼里可不算快，如果依照他料想的进度，此时我大概已经和林棉结婚了。"

苏心蕴深吸了口气："所以你现在是在以结婚为前提和她交往？"

"不然呢？"他挑了挑眉，仿佛是一种挑衅，"你认为我是在拿自己的时间和别人的青春当儿戏？我知道，凡是尝试都有失败的可能，可是我已经太久没有试过争取一件真正想要的东西了，我不敢，我怕输得很惨。所有人都不忍心逼我，眼看着我逃避、绕开那些可能的失败，抱以所谓的理解。比起所谓的理解，我宁可有个人能推我一把，让我不得不向前走，让我没有退路。"

苏心蕴转身道："你说得对。频频回首、束手束脚的人，是连'失败'两个字都没有资格提的。"

门被苏心蕴合上的那一刻，许汀舟下意识地握紧了拳，又缓缓地松开。

笔记本电脑的屏幕上，跳出了林棉的小对话框：

——我有点后悔提出换部门了。

他一只手回复她，却也打得不很慢：

——怎么了？

屏幕上迅速跳出一行字：

——怕你被抢。

他嘴角不经意地笑了笑：

——你还真是直白。

隔了一小会儿，屏幕上才又多了一行：

——算了，我还是眼不见心不烦的好。

他犹豫了一下，终于打字道：

——林棉，你的存在不是为了和某人比较的。

——因为……根本比不过吗？

——不，因为我从头到脚没有把你和别人做比较。

许汀舟的手在键盘上停滞了一下，在林棉的对话框显示"away"（离线）以后，他才打道：

——你就是你……我很喜欢。

林棉最近瘦了一圈，整个人精神倒还不错，大概是得益于晚上奇高的睡眠质量。也难怪她一沾枕头就能睡着：自从向许汀舟申请调换部门后，她不止上班时间被工作填充得满满当当，下班后也不轻松。本职的助理工作依然需要尽心尽责，文具设计部不固定的学习机会更不容错过。每晚则是被各种课程占满，周六还要去驾校学车。拿她吐槽自己的话来说，这辈子都没有这么努力过。她不是一个学霸级的人物，可是，这次她心里明白，能有这样的机会，是沾了某人很大的光的，她更不能丢某人的面子，给别人说更多闲话的机会。

说起来，许汀舟的表现也算得上模范男友。每天林棉上下班都是由他让司机车接车送，连去夜校读书他也陪着一路过去，下了课又让司机开车送回家。从心底说她挺享受这份体贴，可又觉得似乎太过招摇，便在某天课后回家路上劝许汀舟不必每天如此。

许汀舟对此回应道："这样方便一点，早上你能多睡一会，晚上你也安全。不过，你最好快点考出驾照来，那样的话……"

他忽然不再说下去，林棉带着几分撒娇的口吻问："我短时间内又不打算买车，况且这阵子我学的课程已经够多啦，你为什么这么着急我考驾照的事？"

许汀舟脸孔有些微红，撇开她的注视，轻咳了一声，故作冷漠地道："咳，你不学，难道让我学？"

她怕他不开心，忙哄道："好嘛，我学就我学，我会一次通过的！"

许汀舟看她一副紧张的样子，不由好笑："我没有生气哦！"

他的声音很暖，本就撩得她心里一颤颤的。谁知他又忽然凑近她耳畔，压低声音道："其实，我希望你快点学会开车，是为了以后我们不用每次出门都麻烦于叔，好有更多私密的空间。"

看着前排开车的十叔，林棉笑得很克制——原来啊，许汀舟是出于这么一个考量，唔，她可还真得加把劲快点把驾照拿到手呢！

到了林棉家楼下,许汀舟照例下车把她送到楼梯口。

其实一开始他要送她到家门口的,林棉坚决不肯。许汀舟也没有坚持,只道:"也好,这样你可以早点到家。"

林棉当然不是嫌弃他走得慢,只是舍不得他受累。两人便默契地选了个折中的办法,许汀舟下车送她到1楼楼梯口,看着她上了2楼再离开。

偶尔一两次,许汀舟也会随林棉一起回家。肖欢蕊对许汀舟已十分认可,小谷更是对他亲得不得了。林棉看得出来,许汀舟在自己家也越发显得自在,没有一开始那么拘束了。

林棉还差几级台阶就到家门口了,蓦然发现一道白光从楼道的小窗户外闪了一下。

她心里记起了一件很要紧的事,转身就往楼下走。

还没推开铁门,她已经听到了雨水哗哗如倾盆的声音。她掏出手机,拨打许汀舟的电话。

"接电话啊!"她着急地边等待对方接通,边在嘴里念叨。

"喂……"

电话里是许汀舟虚弱的声音。

"你们刚开车没多远吧?"她一边打电话一边走进雨里。

"快到小区门口了。"他喘息着,吃力地道。

"许汀舟,等我。"她加快脚步跑了起来。

她不是没见过他在这种雷电天气时的模样。她猜想,这会儿于叔根本没法安心开车,应该是把车停在路边尽量安抚他的情绪。

果然,他们的车还没到小区门口。她拉开车门,坐了进去,像抱紧一只惊恐的小兽一般抱紧了许汀舟,而他也毫无迟疑地搂住了浑身湿透的她。

她一遍又一遍地重复着，"别怕，我在这儿！我在这儿！"

　　过了一会儿，他似乎有些平静下来："你都淋湿了。"

　　"没关系的，"她看他涣散的眼神回复了大半清明，心宽了许多，笑着说，"我回去就洗热水澡。但是你的衬衫被我搞得乱七八糟啦！"

　　"不要去管衬衫了。"他苦笑道，"乱七八糟的不是衬衫，是我这个人。打雷闪电的日子，我觉得自己就像个疯子，我根本没有办法控制自己的情绪，也许永远也不能。"

　　"那可不行哦！"她温柔但严肃地对他说，"每年雷雨那么多场，尤其是夏天，你每一次都要躲到我的怀里吗？还是你要藏起来不让任何人看见呢？你看你让我学这个学那个，我可是通通答应下来而且不含糊地在做，你可不可以也为我努力一下？让我帮你，一起克服掉这个心理阴影，好不好？"

　　雨还在下着，雷声小了许多，但没有彻底停止。这会儿又是一道闪电，许汀舟的眼底划过一丝恐惧，但看得出他在尽量掩饰，他问："我不知道该怎么努力，你也很难帮到我。"

　　林棉道："那我先问你，这种时候，你比较喜欢一个人，还是让我陪着你？"

　　他沉吟了一下："以前，我喜欢一个人，现在……虽然感觉在你面前很丢脸，但还是你在比较好吧。"

　　她笑了笑，"果然啊，我也觉得会是这样。"她看了看车窗外，"不知道天气要多久才会好，你今晚先住我家吧。"

　　许汀舟感觉车子在动，竟是于叔在掉转车头。

　　"于叔，你这是……"许汀舟又好气又好笑。

"我觉得林小姐说得没错呢，万——一会儿又打雷闪电的，在高架上可不能乱停车。林小姐，今晚就麻烦你照顾许总了。"于叔的方向盘打得又快又稳。

许汀舟被林棉扶上了楼，肖欢蕊开门见他俩都湿漉漉的样子，也没多问，只让他们赶紧进屋换洗。

林棉怕一会儿又有打雷闪电，也不敢先去洗澡，更知道许汀舟要强，若是被自己母亲看出异样的反应来，恐怕会觉得丢脸，便推许汀舟进了自己卧室。

她取了大毛巾，擦干被自己蹭湿的他的衣服。许汀舟单手拉过毛巾，笨拙地替她擦干发上脸上的水珠，擦到上衣的时候，他停住了手，把毛巾搭到她的肩上，低头道："我看你还是直接去洗个澡换身衣服吧。"

她马马虎虎地用浴巾继续擦了擦湿得彻底的上衣，发现自己因为布料贴身，露出可疑的曲线，顿时有些脸红，干脆把浴巾披在身上裹紧。"一会儿再去。"她说。

"我一个人可以的。"他似乎看穿了她的担忧。

她拉他坐在床沿上："我很高兴，你没有因为要逞强，拒绝我今晚陪你。我也知道，过去没有我，你一个人虽然很艰难，但也许也学会了用你的办法死扛过来。可是，还是有我陪着比较安心，对不对？我其实在知道你有这个心理阴影的时候，已经开始想办法了，虽然，不一定是最好的办法，可我想让你给我个机会治好你。"

"什……什么办法？"

她咬了咬唇，似乎有些难以启齿，最终她怯怯地道："如果我说是'以毒攻毒'，你会不会想杀了我？"

"我不反对。"许汀舟面露犹疑，但还是这么回答道，"我猜你大概会出什么怪招，不过也不至于太出格，你试试吧。"

林棉心里其实也有些紧张，故作轻松状地拍拍自己的肩膀："没事没事，呐，大不了等下这里借给你。"

闪电在窗外明灭。许汀舟喉结滚动了一下，勉强微笑点头。

林棉站起身，从包里拿出手机和耳机来，把其中一只耳机插到许汀舟的耳朵里，另一只则自己戴了起来。

"要开始咯。"她轻柔地道，接着按下了播放。

沉闷的雷声、哗啦啦的暴雨声、流淌的音符……这是一首混合了自然界雷雨声的纯音乐，收音异常真实。虽然整体上是一首美妙的乐曲，但从许汀舟的反应看起来听这样一首曲子却绝对称不上是享受。他的瞳仁里写满了紧张、面色苍白如纸，甚至看得出几次欲要摘掉耳机。

一曲终了，他大舒了一口气。

"这就是你说的'以毒攻毒'？"他的眼中惊魂未定。

林棉见他只是略带后怕，并无生气的样子，心里反而踏实了许多。

"是的……"她干脆把另一只耳机也塞进了许汀舟的耳中。

他的头下意识地偏了一下，却没有认真抗拒，终究是乖乖被戴上了耳机。

"你可别告诉我，你还要放这种……"

林棉红着脸点头，迅速地按下了乐曲的播放键。果然，又是一首以雷雨声为开端的纯音乐。

许汀舟本能般地抬手欲要摘下耳机，却被她力道恰好地拂了下来。

"别动，"她的眼睛里光华闪闪，"汀舟，这一点不可怕。这是大自然的声音，是再自然不过的事。就像……"她捧着他的脸，慢慢拉近自己。她红着脸，吻向他的耳廓——左耳、右耳……又一路滑向他柔软的唇珠。

他的脸孔在发烫，她也感应到了他情绪的变化。他激烈地回吻住了她。在窗外传来的风雨声中、在耳机里响起的滂沱雨声里。

她喘息着，呢喃道，"汀舟，这一刻、下一刻、每一刻的风雨雷电，我都愿意和你分享。"她摘下他左耳的耳机，戴在自己的耳朵上，"我希望今后电闪雷鸣的时候，你第一个想到的，不是一场可怕的意外，而是现在这一刻的感觉。汀舟，我知道，刚才你是真的需要我，你在回应我的爱，对吗？"

"你这个笨蛋，这种时候，问这样的问题很多余，知道吗？"他眼中的火焰未灭，"你需要证明什么？现在就可以得到验证了！"

林棉有些蒙了，反而傻里傻气地问："怎么……验证？"

"我怎么就……离不开你了呢？！"许汀舟嘟囔了一句，忽然左臂一用力，把她紧紧地箍在怀中。

"你说什么？"林棉后知后觉地反应过来，抬起脸问。

他低头看她，不说话。

她拨弄起他下巴上的胡茬，咯咯笑得像个得了糖的孩子："许汀舟，你是不是被我迷倒了？"

他任由她的手轻轻划弄自己的胡茬，没有接话。

"欸，不说实话，小心我以后每天给你放800首'人工雷'，我手机里的存货可是不少。"为了治好他的心病，她下载了好多首带雷雨声的曲子，800首倒是有些夸张了，二三十首绝对不止。

许汀舟垂目看她："这就是你说的要我记住的感觉？——被你抓着软肋

威胁的感觉？"

　　她知道他没有动气，只是逗她，便笑盈盈地道："这点软肋算什么，你还不是拿着我的软肋。"

　　"你的软肋是什么？"他的嘴角扬起笑意，"难不成是笨？"

　　林棉道："可不是吗？喜欢你这么难搞定的人还不笨吗？而且还是那么喜欢，不是软肋是什么？"

　　"嗯，谢谢！"他居然很认真地看着她说。

　　"不客气。"她也坦坦荡荡地回应道，"虽然你应该没我喜欢你那么喜欢我，但我知道你现在应该已经有些喜欢我了——嗯，我还挺得意的！"

　　"得意？"

　　"我第一次追男人就成功了，可不是挺厉害的吗？"

　　许汀舟轻轻掐了她的腰窝一下："可别有下次了。"

　　"你不许？那好啊，我们永不分手就永远不会有下一次了。"她说，又俏皮又诚恳，"追人是很累的，我也不想再来一次了。"

　　"如果之后有恋爱的机会，我的意见是你应该等着男生来追求你，女孩子还是应该享受被追求的过程。"

　　"呵呵，我倒是想呢，你给机会了吗？"她半真半假地说，"别说追，你不跑我都谢天谢地了。"

　　"我不跑。"他的眼睛望着她，似乎蕴藏着许多情绪，"我跑也跑不过你，你似乎总是拦在我的前面。"

　　"我是拦路虎吗？"她故意没好气地道，"可恶，你竟然这么说我。"

　　"那也是可爱的小老虎。"他道，"一只会用各种妙方吸引我的注意力，告诉我前面的风景有多好多美，让我心甘情愿被叼走的小老虎。"

被叼走？"吃干抹净"吗？——林棉莫名其妙联想起这4个字，嘴角露出傻笑。

"在想什么呢？"许汀舟问。

林棉才不会告诉他刚才的歪念，掩饰道："我是想，时间不早了，还是早点洗洗睡吧，今天委屈你在我这个'虎穴'将就一晚。我睡客厅沙发你睡床，嗯……我家只有一个卫浴，你先去吧。"

"你衣服湿得比我厉害，你先洗。"许汀舟道，"我想一个人再听一会儿你给我下载的音乐。"

"你一个人在房里可以？"她还是有些不放心。

"如果觉得不适，我会关掉音乐。"他说，"我想试试。"

林棉不愿打击他的积极性。就在没多久前，他还是对自己的心理障碍毫无痊愈的信心，她几乎是胡乱地试验了一把，收效居然立竿见影。起码，他有了能克服心魔的勇气。

"那好吧，我会快快洗完出来陪你。"她拿了一套睡衣，去了浴室。

等她出来的时候，她发现床铺已经铺好。他坐在小小书桌前的一张椅子上，耳朵戴着耳机，闭着眼睛，左手握着手机搁在腿上，姿态显得很轻松自然。

她小心翼翼地走过去，轻轻拍了拍他的肩。

他抬眼看她，摘掉一只耳机，冲她笑了笑："洗完了？"

"嗯！"她垂手松松揽着他的脖梗，"怎么这么贤惠啊，床都给我铺好了。"

"紧张的时候找点事做，分散注意力。"他道，"再说，你不是让我睡床吗？我想了下，总不能和在家里似的，等着别人给我打点好一切，我都占了床了，难道还要劳驾你铺床叠被？"

"你可真不会说话。"她假嗔道。

他笑道："好了，不逗你了，你快去床上躺着吧，我一会儿就走了。"

"走？去哪儿？"

"我刚打了电话，让于叔接我回家。"

林棉有些恋恋不舍，"这就走啦？"

"刚才我们俩那么狼狈的进门，被你妈妈看到了其实就不太好，我再留下来，阿姨会怎么看我？现在我也没事了，就算路上雷电再厉害，我也能控制好自己的情绪，我想，还是回去妥当些，你妈妈这边如果存疑，还请你帮我解释解释，实话实说也好，能用更好的理由圆过去也罢，总之，别让她过分担心就是了。今后，我也会尽量表现得让她安心。"

原来他选择回去还存着这份体贴的深意，林棉不觉一暖。

她安抚他道："放心啦，我妈其实挺喜欢你的。"

许汀舟走出林棉卧室的时候，肖欢蕊还在客厅坐着看电视。

"阿姨，我回去了。"许汀舟冲着她略欠了欠身，告辞道。

"这就走了？"肖欢蕊打量了他一眼，"不多玩会儿？"

"不了，怕打扰你们休息。"他说，"改天我再来。"

肖欢蕊笑了笑，指了指桌上的果盘道："刚削好的苹果，吃两块再走。"

林棉冲许汀舟含笑努了努嘴，眼里似乎在说：看吧，我就说我妈挺喜欢你的。

许汀舟便也不客套，走过去拿了一块苹果，吃过了后才走出林家。

　　林棉送完他回到家中，见肖欢蕊仍在客厅里看电视。她道了句"妈，晚安"后便打算进自己卧室休息，却被母亲给叫住了。

　　"今天小许是怎么回事？"肖欢蕊问，"我看他进门的时候脸青白的，是病了？"

　　林棉也不打算瞒她："说病倒也是病，不过是心病。他怕打雷闪电。"

　　"难怪他这么失魂落魄的。"肖欢蕊叹息了一声，"你说你，怎么就谈了这么个对象？小许也是可怜……"

　　林棉知道母亲并无坏心，只是为他们的将来担忧罢了。林棉宽慰道："其实，我刚刚已经用我的法子给他治好了大半，我想，过去那几年，实在是没人敢揭他的疮疤，所以才让那个结痂处越来越厚了，到最后，谁也不敢去碰。可我敢，因为我相信他能好起来！除了已经失掉的手臂无法回来，我会让他整个人好起来的。当然，我是觉得他现在也很好了，可是，我想他变得更开朗、更快乐。妈，你要对我有信心啊！"她笑得很沉醉，"而且，和他在一起，我也是真的很快乐。"

　　肖欢蕊拿指尖轻轻戳了戳她的脑门："你看你这傻乎乎的模样，也亏他这么一个聪明人看得上你。"

　　林棉乐呵呵地道："那不是正好互补了？"

　　"行吧，"肖欢蕊正色道，"他就他吧。你要是真的定了他，妈也不反对。"

　　"真的？"这段日子肖欢蕊虽然默认了他们的交往，却从来没有对他们的关系明确表示过支持，这还是林棉第一次从母亲的嘴里听到这句话。

"看得出，小许是个正派的孩子。"肖欢蕊道，"他家世好、能力好、模样……模样其实也不错。配你，还算配得上。"

　　听到母亲这样夸奖许汀舟，林棉心里乐开了花。

当他的吻落下来的时候，她听到了那一声回响，从苍穹、从云谷、从地心、从所有不知来处之处，与她的心事全然契合。

第八章

旧痕　白棉　泊岸舟

3个月后，林棉正式调入文具设计部担任设计助理。

同事们对她和许汀舟的关系早有耳闻，对她多有客气但并无深交。林棉对此也很理解，以她现在的身份，别人远不得近不得，她也不好勉强。因此，便也甚少和同事产生工作之外的交集，只顾完成好自己的本分。她是半路出家，要学的东西很多，而对她报以看好戏的眼光也不少。设计课程还在上，该加的班也得加，她心里不止要为自己争气，更是不能丢了许汀舟的脸面，让人背后诟病。

好在，她的第一件由她主导改良设计的产品，就取得了良好的口碑。

那是一件听上去微不足道的小物件，本身也不是热销品。

只是小小的翻页辅助套。

原本"文心"就有这一项产品，只是款式非常单一，也没有什么设计感，纯粹只是一个套在拇指与食指上的硅胶塑料小环，利用摩擦力让翻书变得更方便。

当时，她在会上提出改良方案的时候，甚至有人直言不讳道："本来就没有多少销量和关注度的产品，何必把经费和精力花在这个上面。"

林棉却坚持道："虽然不是大热的产品，可是根据调研，这项产品，我们在国内的市场占有率是排名第一的。但这是因为我们的产品好吗？——不是，是因为'文心'在文具业已经很有名，而生产翻页辅助套的公司本身就很少。我想，'文心'的品牌价值，恰恰应该体现在精益求精之上，要让客户觉得，即使是看上去微不足道的产品我们也会用心打造，追求细节上的完美。即使我们已经是业内第一，但我们绝不松懈，绝不会故步自封！我想，推出诚意满满的设计，客户是一定能够感受到的。"

"可是……翻页辅助套这种东西，需求量很少啊！很多人都没有习惯使用的，也不是必需品。"设计部的资深元老邱力铭道。

林棉深吸了口气，道："我读过一个国外资深的文具公司社长的名言——如果10个人里有7个人'有点想买'这个商品，与10个人里有9个人'完全不想买'、但有1个人觉得'非买不可'，就商品销售而言，后者的可能性会高上很多。我想，对此我是认同的。"

林棉按下了PPT的下一页，呈现在众人面前的是一张设计稿。屏幕上的翻页辅助套被设计成了镂空的指环状，颜色采用了马卡龙色系，镂空处除了传统的圆形，还有菱形、三角形、水滴形。

"这个色系的调色，我是参照了我们最新主打的笔记本封皮色，大家请看——"林棉按下了下一张PPT，"无论顾客选择同色搭配，或者是用不同颜色的指套搭配这一色系的其他颜色笔记本，都毫不突兀。我想，在产品的宣传上，商品的铺货陈列上，我们也大可以做得用心一点。诚然，翻页指套原本并非大多数客人的必需品，可是，我们是不是可以让他们了解到有了这个小小的翻页指套，原来真的可以变得更方便。它便宜、又好用，还可以和好看的本子组成时尚的文具套装，继而可能会让他们更关注我们整个系列的产品。另外，我觉得，翻页指套虽然对于大多数人来说，不是必需品，但对于一小部分人来说，也许真的是生活中不可或缺的辅助产品呢！也许，是年纪大的老人，也许是手指不那么灵便的残障人士，小小的一些改善，就会给他们带来很多便利。因此，今后这款产品在材质上、手感上，我想也有继续改善的空间。"

林棉说完后，环视了一遍会议室内的众人。她发现，虽然所有人都没有说话，大家看着她的眼光和往日迥然不同。最后，经理王劲逸道："我认为可行。大家怎么看？"

"我也认为可行。"

"我同意。"

"值得一试啊！"

…………

林棉的眼眶湿润了。她深深鞠下一躬，道："谢谢大家了！真的太谢谢了！"

散会后，林棉迫不及待把刚刚会上的情形发Lync告知了许汀舟。

——很得意？

许汀舟回了3个字。

林棉笑着撇撇嘴，打字道：

——你这个冷漠总裁，就不能表现得为我高兴吗？

——虽然不太会表现，但我的确挺高兴的。

——哦，你是不是觉得脸上有光啊？

——唔，我看你还是担心一下产品上线后的反响再说吧。

许汀舟的回答很理智。林棉也不觉得扫兴，相反很认真地回复他道：

——这可不是我一个人能控制的事，不过，我会尽量做好我可以控制的部分。

林棉等了好一会儿，许汀舟没有再打字。

她正准备收心工作，桌上的电话铃响了。

"喂，你好！"她接起电话下意识地公式化应答道。

"是我。"

"汀舟？"她压低声音，"什么事？"

电话那头传来他含笑的声音："没什么，就是某人说我表现得不够高兴，想想也的确是应该和你亲口说一声恭喜！"

林棉的心因他的一句话变得激动狂跳，还没来得及复位，又听他补了一句道："晚上到家里吃饭吧？——我是说……我自己住的地方，那里更自在一些。如果你不觉得我做的东西太单调的话，我做饭给你吃，我给你庆祝，好吗？"

许汀舟的公寓大概百来平方米，美式风格的装修，并不奢华，但非常大方实用，且每一处都收拾得一尘不染。

林棉参观过后道："嗯，单身汉的房间，比想象中整洁多了。"

"我没有乱丢东西的习惯，不过大部分的功劳应该算在钟点工阿姨身上。"

"这里挺好的，就是一个人住稍微有点大。"

许汀舟笑了笑："我的话，其实也不太在意房子大小，好像也没有特别留意过这一点。不过这里的面积也不算大，也许以后你还会觉得太小了呢！"

林棉初时只是一听而过，过了一会儿才回味出刚才那句话里潜藏的深意，不觉浅笑脸红。

　　许汀舟让林棉在客厅稍坐，自己则准备去厨房。

　　林棉拉了拉他："你家阿姨今天不来做饭吗？"

　　他冲她眨了眨眼："你希望有外人在？"

　　"我不是这个意思。"她被他的眼神迷得七荤八素，声音也软了下来，"就是……你真的可以吗？"

　　"你忘了你吃过我做的意大利面了吗？"许汀舟反问道。

　　"记得记得，可好吃了。"她发自肺腑地说，"我就是不想你太辛苦嘛，要不然你让我进厨房帮忙打下手好不好？"

　　许汀舟摇头："我自己可以的。而且……如果你在……我反而……会觉得不好意思……因为有些事我做起来的样子会很丑……"他结结巴巴地说，竟然还脸红了。

　　林棉觉得他一本正经害羞的样子有点好笑，但又让人格外心疼。她故意捂住眼睛，以掩饰自己即将涌出的泪水。她跳开一步回到沙发上坐好："你放心，我乖乖坐在客厅里等你投喂。"

　　许汀舟走进厨房后，她才缓缓放下手掌，掌心沾上了睫毛上的细小泪珠。她常常被他不经意间流淌的脆弱所击中，那并不会让她轻视他，只会让她更爱他。

　　"好香哦！"看着许汀舟小心翼翼地端着餐盘从厨房拖着腿走出来的时候，林棉赶紧起身接过他手里的餐盘。见他并无拒绝，便顺势推他去餐桌边坐下，她则去厨房把剩下的菜全部端了出来。

"你比较喜欢西餐？"林棉看着桌上的沙拉和西班牙海鲜烩饭问道。

"也不是，只是西餐我做得更好一些。可惜我方便做和吃的西餐种类并不多，大概也只有意大利面和西班牙烩饭擅长些。中餐的话，我只会做最最家常的菜，拿来请客实在太寒酸。"说着他又起身，似乎要去拿什么东西，"我去拿瓶白葡萄酒。"

林棉忙问："还有什么我漏拿了吗？"

林棉原本想说替他去拿，猛一想又意识到自己也不懂酒，万一选错了反而尴尬，便未作声，只是跟着他一起去了。

白葡萄酒已经事先冰好，看来他早有准备。

"麻烦拿一下酒杯和开瓶器。"许汀舟请求道。

林棉顺着他手指的位置拿了酒杯和开瓶器。

回到座位后，许汀舟带着些许抱歉地道："恐怕，还要麻烦你开瓶。"

林棉也是第一次开葡萄酒，费了一些力气才把瓶塞打开。

"我是不是挺笨手笨脚的？"她不好意思地挠挠头，"而且又没有见识。"

"不会，你帮我很多了。"许汀舟道，"至于葡萄酒这类见识，不是必需的，懂或不懂，也没有什么值得夸耀或是羞愧的。"

林棉道："你今天也为我做了很多。你看，饭是你做的，酒是你拿的，所以呢，你也不要总说是麻烦我干了什么——我也只是举手之劳。"

"今时今日，也许我是不该和你再那么客套。"他的脸上有真诚的笑意。

林棉深受鼓舞："对吧，你也意识到这一点了吧？那下次如果需要我做什么，直接开口就好了。"

"还是会有一点不习惯呢！"他说，"毕竟，我也没怎么谈过恋爱。"

　　"没怎么……"林棉故意沉下眉头作思索状。

　　哪知他竟然微露慌张地解释道："我一直单身。"

　　林棉觉得他的样子太可爱了，忍不住笑趴在桌上，半天才起来，分别给许汀舟和自己的盘子里盛上了一些海鲜烩饭："我要开动啦！"

　　许汀舟给两人的酒杯里分别倒上酒："林棉，恭喜你这段日子在工作上的成长。"

　　林棉哭笑不得："你这人怎么回事？刚刚气氛好好的，怎么又跳到公事上了？"她现在完全相信他是凭实力单身了那么多年。

　　许汀舟一本正经地道："这不是之前就说好的今天请你吃饭的事由吗？"

　　她无奈点头："是的，许总，您说得一点没错呢！"

　　"我刚才说的'恭喜'虽然是针对你工作上的成果，不过，我说这话并不是站在公司领导层的位置，而是以私人角度对你说的。"许汀舟道，"我很高兴我的女朋友能在工作中得到自我提升和满足。"

　　"我很高兴我的男朋友能站在私人角度对我加以鼓励。"她学着他的口吻道。

　　他笑了起来，举起酒杯，她笑着握住酒杯迎上去，与他的酒杯相碰。

　　"说真心话，你起初是不是并不看好我工作上的能力？"

　　"起初？如果你的起初是指最初认识你的时候的话，我必须承认，我对你的能力是持怀疑态度的。"

　　"真是直白到无情。"

　　"后来虽然印象好一点了，但也绝对没有到看好的地步。"

　　"呵呵。"林棉干笑，并没有到生气的程度，似乎对他毒舌的一面已经有了充分的了解。

"但人并不是只有理性的，"他望着她，"人会被感动，或者说……会被莫名的热情感染。而你有那种奇妙的能力，让人相信奇迹，哪怕并没有足够可信的理由说服我去相信，但我还是愿意选择相信——于私于公，皆如此。"

这个人……还是冷面毒舌一点好吧？如果动不动就对女生说出这样感性的话语来，她的竞争者恐怕会呈现几何级数增长，感觉有点危险呢！林棉不自觉地捧起脸，呆呆地打量起他微微上扬的嘴角，看上去……好像很软、很可爱。

不知道是不是感知到了她盯着自己的眼神，许汀舟不自在地咬了咬唇，低头检视自己的衣着。

林棉道："怎么了？做饭弄到衣服上了吗？"

"我倒要问你呢，我是出什么洋相了吗？"他很认真地询问。

"为什么这么想？"

"你刚刚盯着我看了半天。"

"就因为这个？"林棉想起一道心理测试题，问的是如果有很多人在大街上盯着你看，你的第一反应是自己穿错了衣服还是自己今天很美。很显然，许汀舟是前者。她知道他很多时候并不自信，也猜得到原因。她理解他的想法，但并不认同他的自我判断，"你为什么不觉得，我是被你浑身上下散发的雄性荷尔蒙吸引了目光的呢？"

许汀舟愣了愣，转而微微一笑。

"汀舟，你是多么好呀！"她虽看不透他笑容里有几层深意，却能感知到心里是暖的，不禁顺势继续鼓励他，"我就喜欢看看你，你也看看你自己嘛，看看你自己有多可爱。"

"林棉，我每天都会看到自己，所以才格外厌恶自己。"

"你只看到了你的身体，是——它可能不够完美，但也绝不是可怖的。这么多年了，你学会了和它相处，可你没有学会彻底地接纳。汀舟，"她起身绕到他的坐椅后，从背后松松搂住了他，双手抚在他的胸上，"我比你先一步接纳了它。不过没关系，我知道总有一天你也会的。"

他温柔地捉住了她的一只手，将她的手伸入自己的V字毛衣领口。诧异过后，她没有抗拒，任由他引导着自己的手指，直到抵达他的右臂残端。

"那里有个伤口，一直在淌着血。"他低低地说着，"一直流、一直流……"

"……我知道。"手臂上的伤口早就愈合了，只是失去的部分不会再回来。而那些血泪，都在他的内心深处，无处化解。

她揉着他断臂处凹凸的瘢痕。那么多年了，仍然突兀地存在。

她不想在他面前为这个哭的，怕他更难过。但是眼泪却一点也不配合，从眼眶到下巴，一直顺着流到了她的颈项。

他用左手的指腹轻轻抹掉了她的泪珠，边抹边笑道："别哭啦，你看，我一只手都来不及给你擦眼泪了。"

她狠狠地把脸埋进他的胸膛，胡乱地把眼泪鼻涕蹭到他的衣服上："以后你要是敢随随便便就流血，我就流眼泪给你看。不管是心也好、手也好，哪里哪里都要好好的呀，哪一个地方都不准再受伤流血了。"

"对不起，因为和你在一起的是我，才害你流眼泪的。"他摸了摸她的头发，温柔而抱歉地说，"我知道自己不是一个很好的恋人，可是，已经不能随随便便和你说'不要和我在一起'这种话了，所以，我会努力改。"

林棉心中有小小的雀跃在涌动，她拨弄着他的衣领，撒娇道："你是在跟我告白吗？"

"我以前没有告白过吗？"他似乎问得很认真，接着又嘟囔道，"应该有吧。"

林棉扑哧笑了，这个直男，真的不太会谈恋爱。不过，这样也蛮可爱的呢！

"有有有，只是你的告白越来越走心了呢！"她笑着道，"这是不是说明我对你越来越重要啦？"

他轻咳了一声："咳。"

林棉伸出两只小爪子欢快地轻挠了两下他凸起的喉结，嘿嘿笑了起来。

饭后，她主动说要洗碗。许汀舟一把揽住她，不让她去厨房。

"汀舟，我做饭可能不如你好吃，洗碗还行。"她认真地说，"让我帮忙做一些家事，这不算什么。"她想他一只手洗碗，委实太不方便。

许汀舟道："听话，别管那些餐具了，明天早上阿姨会过来收拾。"

林棉便没有再坚持。想想也是，以许汀舟的身家，原本家务活也不在他的时间列表之内。这样一想，他那么特特意意地给她亲手烹饪佳肴，就显得更加有心了。

两人退回到沙发上坐着，一时间无话也无事，相对间竟都有些脸红尴尬。

"你坐会儿再回去？"许汀舟没话找话的样子有些窘。

"好……"林棉答得也很生涩，"要不，我们把那天在你的游艇上没有看完的电影看完？"

　　许汀舟似笑非笑地看着她："我看完了，是你中途睡着了。不过，那是一部好片子，我很乐意陪你再看一遍。"

　　许汀舟站起身摆弄家庭影院。林棉故意"哎"了一声，道："我能问一下，刚刚那句话的重点是什么吗？"

　　"重点？"许汀舟开完机坐回沙发，一副丈二和尚摸不着头脑的懵懂模样。

　　"重点是'那是一部好片子'抑或是'陪我'？"

　　"我的情商还不至于低到会选前者当答案。"许汀舟笑得不加掩饰。

　　林棉孩子似的低嚷道："可你的笑容分明在诠释一点，你的智商不同意你的选择。"

　　"才没有这样的事。"他说，"好片子那么多，值得一而再再而三看的也不少，可大多数我仍然只会看一遍。可是，如果你喜欢这部电影，就算让我今后再陪你看几遍，也不是不可以的。瞧，这还不够说明'重点'吗？"

　　林棉彻底满意了，小猫似的蹭到他身旁，把头枕在他的左肩。他顺势揽住了她。

　　片中男女主角偶然进入了一家唱片行的试音间，两人挑了一张黑胶唱片播放起来。在狭小的空间里，他们的距离变得很近。男主角的目光投向女主角，她却将目光闪开了，而当女主角看向男主角的时候，他也别过了头去。

　　不知怎的，看到这一幕，林棉也偷偷瞄了一眼许汀舟。没想到他也正朝她看了过来，有半秒钟的四目相对，林棉的心却如同奔来了12头小鹿。

他们几乎同时躲开了彼此的目光，又几乎同时抬起头，看向对方。

林棉说："这首歌真好听。"她指的是电影中的插曲Come Here。

"你最喜欢哪一句？"他问。

"Well I'm in no hurry.You don't have to run away this time.（我不再急匆匆，我不再匆匆而过。）"

"知道吗？我的脑子里回响的却是这一句——I have never wanted you so much（我从未如此渴望过你）……"

林棉心头的12只小鹿全部安静了下来，明亮的眼睛纯洁而炽烈。

她的世界很静，可她却知道那只是表象。

当他的吻落下来的时候，她听到了那一声回响，从苍穹、从云谷、从地心、从所有不知来处之处，与她的心事全然契合。

他的吻很深，和以往的完全不同，充满力量、充满渴望，甚至有些原始的野蛮。

她的回应更粗暴，在他的索取中，她咬破了他的上唇。

尝到一丝血腥味的时刻，她恢复了一些理智。她小巧的舌尖舔了舔他唇上小小的破损之处。他的唇真软。她再一次陷入了意乱情迷，却没有意识到自己刚才无意间的一舔，把他更加点燃了。他压倒了她。她惊呼了半声，又咽了下去。

她大概可以猜到，如果自己不阻止他，接下来会发生什么。

可她为什么要阻止呢？她难道不想要他吗？

她要他！就算问一百遍，她还是这个答案！

她紧张兮兮又强自装作无所谓的样子，一边浑身颤抖、一边伸手去脱他的上衣。

上衣已经脱到了他的肩膀处，林棉猛然停住，突然发现他的右肩一直延伸到躯干，布满了树枝状的暗红色瘢痕。她的手蓦然停滞，被眼前这有些触目惊心的躯体惊住了。

　　许汀舟如同被什么牵引住了一般一下子从沙发上翻身下来，坐到了地板上。

　　她察觉到了他的异状，戛然而止的动作中透着沮丧和痛楚。

　　"是……是我……太着急了？"林棉挠了挠头，这话让她自己都觉得有些羞于出口。真是的，怎么好像她一个女孩子倒成了饿狼似的角色了？

　　"是我。"许汀舟道，"刚才我失态了。"

　　林棉长舒了一口气，却也有些失落。"哦，这没什么的。"她不想他自责，学着电影里的台词假装满不在乎的样子，"大家都是成年人了。"

　　"你看到了？"

　　"嗯？"

　　"你知道我指的是什么。"

　　"这也是那时留下的伤痕吗？你以为我会因为这个推开你？"

　　"你不会，"他无奈地苦笑，"你只会掩藏起你的害怕，因为你会顾及我的感受。可是你的演技并不好。"

　　"我并没有演，那些伤痕确实对我造成了视觉冲击。"林棉着急地解释道，"如果你所说的'演技'，是要我第一次看到那些伤痕就视若无睹，或者违心夸赞'这很酷'之类的话，那的确是强人所难。可那只是一些陈年旧伤痕，我会习惯，也许会比你本人更早地习惯看到它们。也许有一天我还会给它们每一道伤痕起一个可爱的小名也说不定。"

　　许汀舟看着她，半晌才说话："奇怪，我竟然觉得，你说的最后一句话是认真的。"

林棉扑哧笑了，看出了他心情阴雨转晴，她也松了一口气："是认真的。如果你想要的话，我现在就可以先起几个备用。"

"我可以拒绝吗？"他皱眉，"你怎么敢拿别人的缺陷开玩笑？"

"我不觉得那是缺陷，那只是……我爱的人身上独一无二的标记。"她跳下沙发陪他席地而坐。

他的鼻子轻微地抽了一下，忽然偏过头来问："电影演哪儿了？我是不是注定会陪你看第3遍？"

自从上次在许汀舟家看完《爱在黎明破晓前》，许汀舟就去了外地的分公司出差，林棉和他也好几天不见了。原本他说还要一两天才回的，没想到今天晚上，林棉上完设计课程，在夜校的走廊上，意外看到了他。

他的脸色看起来不太好，眼睛里有心事。察觉到他的异样，她慌忙朝他跑过去，未语先偎住了他的胸膛。

许汀舟摸了摸她的头发："走，我先送你回家。"

她终于忍不住问道："'先'送我回家？然后呢？"

"林棉，"他低低地道，"苏心蕴的父亲去世了。"

她不知如何接话，这一消息太突然。而且，许汀舟的反应不太平常，想到他和苏心蕴之间那层若有似无的暧昧，林棉更不知在这种消息面前，作何反应才是最合适的。

"你要去看看她吗？"她试探着问。

"我可以吗？"他问得很诚恳也很小心。

她笑得不是滋味："你当然可以，不论作为上司还是朋友，都应该的。"

她坐上车。一路上，他都握着她的手。他的掌心有些凉。

　　林棉的手也是凉的，两只手握着，一路上谁也没有把谁焐热。

　　到了小区门口，林棉道："我就这里下吧，里面不好开，我自己走进去，你们赶时间就走吧。"

　　说着，抽回自己的手掌。

　　"林棉，"许汀舟重新把她的手握住，"如果你愿意的话，陪我一起去好吗？"

　　她的心有些安慰，至少，他没有忽略她的感受。显然，她不擅长掩饰，她的那点"小情绪"被他看穿了。现在的她既有些委屈又有些羞愧，瘪瘪嘴道："不要了。你是去安慰人的，不是去打击人的，我去，恐怕效果适得其反。"

　　许汀舟让于师傅停了车，林棉垂头丧气地推开车门下车，不知是心中积攒了一股不快之气还是怎么回事，重重地合上了车门。

　　她正气呼呼地想：真是够急的，果然不客气地就这样把她"丢"下车啦！虽然明明刚才是自己提出将车停在小区门口就好的，但他真这么做了，她又不痛快了。

　　"等等我！"

　　她听到许汀舟的声音，一回头，他竟也下了车，正绕过车身朝她走过来。

　　她傻愣愣地站在原地，看着他一步步蹒跚地走过来。

　　"我不擅长解释。"他走得有些急，站定的时候竟然跟跄了一下，"但是，我不要你误会。有些事，我想让你知道。"

　　"你不用跟我解释的……"她这句话是真心的，看到他泛红的眼睛，她忽然什么也不忍心去探究。何况，他的语气显得那么在乎她的感受，倒显得自己这顿闷气生得毫无道理。

　　"心蕴的父亲，算是因为我受伤的。当年，他的父亲在高尔夫球场工作，在那场雷击中，和我一样，丢了一条胳膊和一条腿……"

　　林棉蓦然间有些懂得他的感受，她说不出来，只觉得心里疼得很。

　　许是因为她不说话，许汀舟显得更加不安："如果我现在去苏家慰问，你会……"

　　林棉使劲摇头："你去吧。但是……你记住，你是跑去安慰人的，不是跟着伤心的。你不许难过、不许想东想西，那件事过去很久了，你要劝苏心蕴节哀，你自己也要向前看。"

　　他单手捧起她的下颌，如水的目光垂下来："你不和我一起去？"

　　她仍是摇头："不去了，我等你忙完了找我。"

　　许汀舟道："那你也要答应我，不要胡思乱想。"

　　她被说中了心事，心知瞒不过他的眼，干脆跺脚承认道："那谁让你不够喜欢我，我当然会……"

　　他俯下身，在她耳边轻轻说出一句话："没有的事。"

　　林棉收了声，从耳根发烫到整个脸颊。

　　虽然这不是那经典的3个字告白，可是，那样轻柔的一句话，却足以戳中她的心房。

　　她埋怨他不够喜欢自己。

　　然而他却说这是"没有的事"。

　　四舍五入，可以算是他承认自己很喜欢她么？

　　——当然可以！

　　林棉觉得这个四舍五入法可行。

"你快去吧，"林棉作势推推他，"我不会瞎想了。"

许汀舟这才转身，走进车里。

林棉也转过身，耸了耸肩，朝着小区里面走去。

许汀舟到的时候，苏家已经在客厅设好小小的灵堂。

苏心蕴上前为他点香，她的手微微颤抖，眼底却很平静。

"心蕴，节哀。"许汀舟给苏父上完香后，对还礼的苏心蕴轻声安慰道。

"劳烦你跑这一趟了，谢谢！"苏心蕴道。

"你也真是，出这么大的事，要不是汪豫打给我，你是不打算告诉我吗？"

"照理说，你是我的顶头上司，我家里出事请假，是应该第一个通知你的，但是这几天你在外地忙，我想着就等你回来再说吧。"

因为烧着纸、点着香，苏家的客厅又有些小，房间里难免烟气大。说话间，苏心蕴低低地咳了几声。

许汀舟走到窗边把窗户开大了一些，又拉着苏心蕴离火盆远了点。

苏心蕴有哮喘，小时候发作得比较厉害，长大了好了许多，虽然不太严重，但也偶有发作。

"你记得？"她抬起眼看着他。

"什么？"他恍然地点了点头，"怎么说也认识了这么多年，我怎么可能不记得。"

一旁的苏母打了个哈欠，看样子，从昨天凌晨熬到现在，有点撑不住了。

"妈，你先回房睡会儿，这也不是一天两天的事，你总得休息。有客人来的话，我会招待的。"苏心蕴对母亲道。

苏母点点头："那好，过会儿我来换你。"

说着，便进房去睡了。

卧房的门关后，苏心蕴忽然苦笑了一下，眼中的泪水在打转："我告诉你，汀舟，其实我妈一点也不伤心。"

许汀舟愣怔住，心底明白她话中残酷的意味，却又不忍点破。

苏心蕴走到大门边，背对着父亲的灵堂道："你知道吗？有时候我会想，我爸走后，对我妈反而是一种解脱。这么多年，我爸的身体越来越坏，脾气也越来越坏。我有时还能躲着他，可我妈却不能。她忍耐着他、伺候着他，而她所能得到的最好的回馈，竟是丈夫的去世！什么夫妻情分，也都在最后的一场大哭中终结了。人生怎么能悲哀到这种地步？我爸、我妈，都太可怜了！"

他走过去，左手握住了她的肩头："心蕴，做人真的很苦，可我们还是要好好活。"

"我不该跟你说这些的，对吧？"她噙住泪，看得出很努力地在克制情绪，"明明是我自己不够坚强，却来说些丧气话影响你。"她顿了顿，低头道，"也许，说'影响'也是高估了我自己，你是不会受我影响的，我……什么也不是。"

"心蕴，请停止这样。"许汀舟垂下放在她肩头的左手。

她惊讶地抬头看着他。他的眸光深沉，眉间微蹙。

"你不能再用这种方式对待我了。"他认真地说，"你知道我曾经很喜欢你，你甚至清楚，我一度喜欢你到了可以忍受你轻视我残疾的地步，所以你才会无所顾忌地一边撩拨我，一边逃开我。因为你知道我没有勇气追上去，你就可以进退自如！不要再试探你在我心中的分量！如果我说很重，又如何？如果我说很轻，又如何？心蕴，在我这里，你求不到你要的答案，你的感情、你的人生，得你自己去追寻答案！"

"你能原谅我吗？"她问，"为我曾经那么残忍地对待你。"

他说："我没有怪过你。"

"如果现在开始，我……"

他打断了她："好好照顾自己。我先回去了，林棉还在家等我消息。不怕你笑话，她可是个难缠的小醋坛子。"

苏心蕴咬了咬唇，道："她知道你来我这了？"

"我现在的行踪，都对她报备的。"

"那你快走吧，我明白的。女生的心思，说到底都差不多。"

许汀舟也不再多留，对苏心蕴叮咛了两句后便走了。

到了电梯口，苏心蕴追了出来唤住他："汀舟！"

他停下。

"我喜欢你。"她大声说，"我一直都不敢承认自己有那么喜欢你。"

许汀舟没有回应她，按下了电梯向下的按钮。

林棉在床上仰面望着天花板已经很久了。

她对许汀舟说自己"不会瞎想了"，但事实上，她做不到。

所以当手机响起，来电显示是"许汀舟"的时候，她接听的手指都激动得发抖。

"喂，汀舟……"她莫名地有了些哭腔，情绪里掺杂着不安、委屈、嫉妒和种种说不明白的东西。

"我在你家楼下。"

她"啊"了一声，从床上一跃而起，拖鞋都来不及穿便跳到窗台前，拉开窗帘。

他果然在楼下，抬头望着她。

"这么晚了，你不早点回去休息，过来干吗……"她低着头，声音软软的。

"我要是不过来，你大概一晚上都休息不好了吧？"他的声音里有笑意。

林棉被戳穿了心事，不好意思地掩饰道："谁说的，我可是早就洗洗睡了。"

"那本来我还想带你去一个地方的，只好改天啦！"

林棉忙道："我……我换身衣服就下楼。"

林棉出门的时候，肖欢蕊还在客厅看电视。见她半夜三更还要出门，不免唠叨了几句。林棉道："妈，汀舟在楼下等我呢，等我回来再听你教诲，好不？"

"也不知道叫小许上来等，大晚上的，让人立在楼下吹风。"话一出口，又似乎想到了什么，叹了口气道，"哎，我们这里的楼梯难走，还是不要叫他上来了。你快点下去吧。"

林棉笑了笑，赶紧换了鞋出门去。

"这么晚还叫你出门，阿姨不会埋怨我不懂事吧。"许汀舟牵着她的手一同走回车里。

"我妈先还要唠叨我几句，但又心疼你在楼下等着，就催我赶快下楼啦！"想到母亲最后说的那些话，她心里一暖，只是怕刺痛许汀舟，便没有说。

"我是想趁着自己还有勇气，我想带你去一个地方。"他郑重其事地说道。

林棉不禁紧张起来，"去哪儿？"她的脑子里已经开始乱七八糟地想象，"该不会……是什么古堡之类的，那里藏着你的秘密，有个疯女人什么的被关在那里吧。"

他抓着她的小手，笑得很克制："我说你呀，是哥特式小说看多了吗？"

林棉也自觉想象力过于丰富，害羞地笑弯了腰。

"于叔，去湖湾别墅。"

车子停在了湖湾别墅区的门口，于叔问："许总，具体是哪一栋？"

林棉心想：这么说，这不是许家的产业？连于叔也不曾来过这里。可大半夜的，难不成许汀舟是带她是来作客？

"不用开进去了，"许汀舟道，"我带林棉走进去就好。"

林棉跟着他下车，往别墅区的深处走去。保安岗亭的人似乎认得许汀舟，并未有任何问话。

"到了。"许汀舟带着她走到其中一栋楼前，开了院门。

打开客厅的灯，林棉发现这里的家具极简。相对于这个地段的房子来说，装潢可以说是很简陋，只有必备的一些沙发茶几而已。看得出来，屋子的主人并没有花心思在装修上。

"这是？"

"是我悄悄买的房子。"许汀舟道，"跟我来……"

悄悄？为什么说是"悄悄"？

他挽着她，推开了一扇门，打开了灯。

林棉被眼前的场景惊到说不出话来。那分明是一间画室，地上摆放着画架，画架上有一幅未完成的油画，房间里还有一股没有散去的淡淡的松节油味。

"有一句话你还是说对了——"他说，"这里真的藏着我的秘密。"

林棉猜到了一些："这里是你的画室？"

他点点头，走向画架，在画凳上坐下，左手拿起了画笔，向林棉挥了挥。

林棉红了眼圈，飞跑过去，从他身后揽住了他："你在训练自己用左手画画，对吗？"

"已经3年多了。"他说，"雕塑是不可能实现的梦想了。但我对画画也很感兴趣。你知道吗？我和我姐姐从小都学画画，我们两个画得都很好。只是，用右手画画对我来说就像上辈子的事，我知道很多技巧，用左手掌握是很难的。但是，很难不代表不可以，有些东西，已经注定没有希望了，所以但凡还有希望实现的梦，我不想轻易就放弃。"

"所以你买下了这个房子作为画室，谁也没有告诉？"

"我谁也没说。说实话，也怕最后失败，会丢脸啊！"许汀舟道，"如果被人知道，我竟然还妄想着有一天能成为一个专业的画家，大多数人可能都会觉得是天方夜谭吧？而且，那些关心我的人，大概会害怕我终究要受到现实的打击。何必让他们去相信连我自己都没有把握完成的梦想呢？"

林棉流下眼泪，心里同样热流涌动："我是第一个被你带来这个'秘密基地'的人？"

"是。"他说。

"现在的你，有把握实现绘画的梦想了吗？"她绕到他的身侧，蹲下身，抚上他的脸。

"坦白说，我仍然不确定。"他说，"但是，起码，我知道你会愿意相信我、陪着我，你不会因为这个梦太难实现而嘲笑我，更不会阻拦我。你总是那么傻，对我有着盲目的信心，哪怕我并没有那么好……"

"我不知道你说的'那么好'是多好，但你对我就是'刚刚好'！"林棉把头倚上了他的膝盖，"汀舟，谢谢你和我分享这个秘密。可是我还是希望有一天，这不再是个秘密。你习惯把心事藏起来，可我知道那会很累，而我会心疼你。"

许汀舟单手抚上她的发心："关于我还在画画这件事，我不会再瞒多久了。我学习用左手画画也得到了我原先美院老师的指导，前些天他推荐我参展本土青年画家的联合画展，就在市美术馆。"

林棉高兴得抬起上身，险些撞到许汀舟的下巴。她看着许汀舟摸着自己下巴一副好险的模样，不好意思地笑道："对不起哦，我就是太激动啦！那么说，你成功了对不对？"

"不知道这算不算'成功'，起码，我觉得这些年自己的执著并不只是种执念，也总算得到了一些回馈。"

林棉看着他发亮的瞳仁，再一次于他的眼眸中，深深沦陷……

联合画展开幕的那天，许汀舟和林棉一同去了市美术馆。

市美术馆这次将3个楼层的6个展厅拨给了6位本土青年画家，画种涉及油画、版画、中国画，每位画家都拿出了不少于30幅作品。许汀舟的画在2楼的2号展厅。进门处的画者简介很客观地介绍了他因意外伤残，以左手执笔作画的事实。照片上的他依然没有戴美容手，可是看上去是那么年轻、英俊。

　　"我以为，你可能会不让写……"林棉依偎着他的肩头，柔声道。

　　"我想，策展方有他们的考量，我并不想难为他们。我只是请他们不要写得过于悲切煽情。唔……看起来还过得去。"

　　林棉拖着他的左手："走吧，进去看看。"

　　馆里的人不算多，也难怪，这里除了举办名家特展，并不是人气聚集之地。参观者大多安安静静地观赏展品，直到有人发现了许汀舟——

　　"您好，请问您是许老师吗？"问话者是一个比许汀舟年纪略长的男人。

　　许汀舟竟有些腼腆："我是。"

　　"我想冒昧地问一下，许老师这些画在此次展览结束后有没有考虑出售？"那个男人递过一张名片，"如果有兴趣的话，可以来我们画廊详谈。"

　　许汀舟接过名片道："谢谢您！除了'棉花'和'泊舟'这两幅非卖品外，其余都可以商谈。等过几天，我会和您联系。"

　　"这两幅非卖品是我最喜欢的，不能得到虽然很可惜，但我尊重许老师的意愿。那就先不打扰了。"

　　画廊来的男子告辞后，展厅内的其他人也留意到了许汀舟，有些个胆大外向的还围过来和许汀舟攀谈，探讨例如创作理念、作品灵感来源、绘画过程中最难点之类的问题，难得许汀舟没有半分不耐，一一予以解答，全程态度可亲。林棉觉得自己杵在那里不太合适，便想站得远些，却被许汀舟不着痕迹地拉了回来。

　　那些围绕着许汀舟的参观者渐渐品出了他和林棉的关系，皆识趣地散开了。许汀舟便牵着她往展厅深处走，在两幅小画前停驻。

那两幅画并不大，左边是蓝天白云下洁白绽裂的棉花田，右边则是一叶泊岸的小舟。

"这不是此次策展方最重视的作品，却是我自己最喜欢的，你喜欢吗？"

"难道……"林棉想到了什么，却不敢相信他会为自己做这样的事，"是我和你的名字？"

"这两幅画，分别叫'棉花'与'泊舟'，可你知道，在我心里，它们合起来叫什么吗？"他偏过头看向她，温柔浅笑，"'白棉作纤，系我泊岸'！林棉，你就是那根纤绳，把我拴得牢牢的！"

林棉下意识地握紧了他的手："我真的做到了？"

"做到什么？"

"让你完完全全爱上我！"

许汀舟将她的手拖入自己的外套口袋里。

林棉摸到了，那里有一个丝绒质感的小盒子。她预感到了什么，心脏狂跳！

"你……要在这里？"她红了脸、更红了眼圈。

他笑了笑，俯首在她耳畔轻声道："看你。如果你希望我在众人面前大张旗鼓地向你求婚，我……也可以。就是可能……动作不那么好看……"

林棉摇头："我知道你不习惯那样，我也不需要。我觉得，我现在只想和你去一个只有我们两个人的地方，你帮我把戒指戴起来就好。"

"我还以为你会说你自己把戒指戴起来呢！"他显然在故意逗她。

林棉撇嘴一笑："这可不行。就算你动作再不好看，我也要看，我要在心里永远记得为我亲手戴上戒指的这一幕——记一辈子！"

"那一会儿去我的画室？"许汀舟道，"我把你戴上戒指的手画下来，这幅画和这份回忆，我们一起留存一辈子，好吗？"

林棉的幸福写满了整张脸孔："到时候，我要在我们的房间里挂上这幅画，对了，还有'棉花'和'泊舟'也要！想到每天睁开眼睛就能看到这3幅画，还有……你，我会幸福得晕过去的！怎么老天对我这么好啊！哈哈！嘻嘻……"她笑出了声，虽然压抑着音量，却怎么也止不住。

许汀舟看着眼前这个笑得跟傻子似的姑娘，道："我看我还是快点把你带离这里吧，一会儿人家都看你不看画了。"

林棉一只手被他牵着，一只手半捂住脸："好了好了，我们走吧，我也迫不及待想和你去画室了呢，嘿！"

两人走到展厅门口，却赫然看见一个熟悉的人迎面而来。

熟悉归熟悉，却是未曾料想会在这里遇见的。

"姐？"许汀舟道，"你是特意来看我的展览的吗？"

"这不是本土青年画家的作品联合展吗？只是……刚好有你的展厅，顺便过来看看。"许汀兰道，"难道你忘了，我也曾经热爱绘画。当年，我画得不比你差。"

"我没忘。"许汀舟顿了顿，深深地望了许汀兰一眼，"我还记得，我们小时候说过，希望我们姐弟俩有朝一日能一起办一场画展。这个愿望，我一直放在心里。"

许汀兰一时无言，隔了几秒钟才道："这恐怕是会落空了。"

"我们是姐弟，不管你愿不愿意承认，我们身上都流着一样的血，也有很多相似的地方。你和我一样，不是轻易会对自己喜欢的事物死心的人。姐，"他抬起自己的左手，"我只有它了，可我都没有放弃。你说得对，你从小画画都不输我，所有的老师都夸你有灵气，也许我是最没有资格轻飘飘劝你重拾画笔的人，毕竟，当初很大程度上，是我害得你牺牲了自己的理想……"

"和你无关！"许汀兰看着展厅门口人来人往的参观者，打断了他，"你觉得在这个场合谈这些合适吗？你是要让人都看你的笑话还是许家的笑话？"

林棉看着她的神情、听着她的语气，竟然觉得，许汀兰有种有心维护许汀舟形象的善意。

许汀舟似乎也感觉到了："姐，谢谢你能来！"

"并不为你，只是顺便。"

"不管怎样，我都很高兴。"许汀舟看着她道。

"现在我可以不受打扰地进去看画了吗？"许汀兰冷冷地道。

许汀舟和林棉立马退到一边，许汀兰头也不回地向内走去。

林棉轻轻挽住了许汀舟，将头倚靠在他的臂膀："会好的。"她说。

"嗯。"他似乎完全明白她指的是什么，"我想，以前我还不够努力，在修复我和我姐的感情这件事情上，我找了很多逃避的借口。其实，真的是我亏欠她许多。"

林棉下了个决心："如果你不反对的话，我们以后……搬回去住吧。"

他很意外："你不会觉得不自在吗？一般而言，单单和公婆住都很难相处了，何况，我姐他们一家也和我爸爸住在一起。我们家的情形，你是知道的，这样一个并不和睦的大家庭，你真的不要勉强自己。我家的问题是我的问题，你没有必要参与进来。"

"我倒也没有做到把'你家'的问题视为'我的'问题的程度，但'你的'问题就是'我的'问题了。汀舟，"她挽着他走上下行的扶梯，"我是因为那是你心心念念要维系的家人，所以才愿意搬过去一起住的。我当然也觉得二人世界会自在些，不过你平时那么忙，和家人聚少离多，哪有感情增进的空间。你这个人，又不善表达，还有些骄傲矜持。你姐姐也是。我觉得，这方面我比你们强多了。今天以前，坦白说我对你姐姐的印象并不好，可是今天我才看出来，她心里有你这个弟弟。你说你亏欠了她，那我会和你一起补偿她，我不信我们的真心相待不能焐热她的心。等到日后合适的时机，我再和你搬出来也不迟。到时候，一家人之间热热络络地经常走动，岂不是很好？要像现在这样，一个月也说不上两句话，怎么能把话说开、把心结打开呢？你说是不是？"

两人来到停车场，找到了那辆新买的红色大众甲壳虫。

林棉前几天拿到了驾照后，今天去美术馆就是她充当的司机。许汀舟带她去选车的时候，她没有扭捏推拒，反而爽快地选了一辆红色的大众甲壳虫。想着今后两人约会可以尽享二人世界，心里美得很。

林棉见许汀舟系好了安全带，这才出发。

湖湾别墅与她第一次来时完全不同。家具虽然仍然质朴简单，却添了不少软装，餐桌上铺上了白色欧式钩针的桌布，窗帘也换了新的，房间的各处点缀着瓶花。

"我自己布置的，你还喜欢吗？"一进门，许汀舟便主动揽紧了她的腰，轻快地给了她一吻。

林棉扑哧笑了。

"怎么，这审美很可笑吗？"许汀舟的样子不像在生气，而像是真的在怀疑自己的品位有问题。

"没有没有，"她摆手道，"只是没想到，你也会做这种事。"

"我原来想着，这里可能会是我们婚后的小家。原来的布置也太简陋了——毕竟这里原只是我练习画画的地方。好在房间也够多，客厅、厨房、卫浴都齐全，卧室也有3间，以后……即便有了孩子，也住得开。当然，我也想过按照你的喜好重新买新房，只是没想到，你会主动提议搬回去和我爸爸还有我姐姐一家一起住。"

"汀舟，"林棉的手伸进他的口袋里，把戒指盒拿了出来朝他晃了晃，以作提示，"你刚刚说到'婚后'，是不是有点超前呀？"

他笑着伸出左手拿过戒盒，拿下巴一抵打开了它，小心翼翼地用中指从戒槽中挑出那枚戒指。

林棉一边笑一边伸手。

他潇洒地把戒盒往一旁的沙发一抛，将戒指套入了她早已伸到自己面前的左手。

那是一枚定制的戒指，正面看戒面是一朵小小的立体的棉花，棉花的背面、戒圈的内侧却暗镶着一颗钻石。

"这枚戒指像它的主人，乍一眼看上去有些朴素，其实那些闪光的、珍贵的东西，就藏在那些朴素的外表之下。"许汀舟的声音款款动听，却毫不浮夸，听上去是那么真挚。他忽然半蹲下身，道，"林棉，嫁给我！"

他曾经受过伤的左腿在打战，也显然不允许他做出单膝跪地的动作。林棉赶紧边拽住他边道："汀舟，我说我要在心里永远记得为我亲手戴上戒指的这一幕，又没说要你搞单膝下跪这一套虚礼！"她心疼死他了，有些后悔自己刚才一不小心说出口的虚荣心。

许汀舟借着她的力才站直起来，随后蓦然拥住了她："棉棉，你真好、真暖啊……"

"我一辈子都暖着你！"她像只小猫似的蹭着他的胸膛。

他们进了画室，许汀舟抽出一张画纸，又拿了画纸夹走到支好的画架前。

他低下头，动作很娴熟地用下巴按压住画纸，随后用左手打开了夹子。

林棉的心痛了一下，想到刚才他用下巴开戒盒的时候，她只顾着傻乐，竟忘记了他的不便，心里不禁埋怨自己过于粗心了，竟然没有看出来他有多么不便。

在许汀舟打算用同样的方式固定住画纸的另一角时，林棉替他按住了画纸："以后，需要我的时候，要记得说。我太笨了，太没有眼力见了，我和你刚认识我的第一天一样，一点长进都没有，所以你要记得主动跟我说……"

"是那个时候的我对一个初来乍到的新人太苛刻。"他说，"其实，你一直都做得很好了，无论是工作还是作为我的女朋友。棉棉，我实在不是个好相处的人，谢谢你那么好相处，才让我没有错过你。"许汀舟在林棉固定好的另一边画纸的位置夹好了夹子，笑道，"谢谢老婆！"

林棉没想到他对这个称谓说得如此自然，立马双颊绯红。

他逗她："是不是还不习惯被人这么称呼？"

"没经验，当然不习惯嘛……"她摸摸自己发烫的耳垂，小声嘀咕。

"没关系，这方面的经验可以慢慢累积的。"他轻轻拿下她捏着自己耳垂的手，那只手上还戴着亲自为她套上的婚戒。

　　她不自觉地抬眸望向他："汀舟，今天发生的一切竟然是真的！——我当然知道这不是做梦，可是，好难以置信啊！"

　　"对我又何尝不是呢？"他说，吻着她的手指，"你的手真美，你也好美，我要通通画下来，作为一生一世的非卖品。"

　　他示意她在自己面前坐下，先是画了一幅她的手部特写素描，又让她坐得稍远一些，勾勒出了她的素描肖像草图。

　　林棉第一次做模特，坐久了也表现了疲累。许汀舟看出来了，站起身示意她过来。

　　"我可以动吗？"问话的时候，她仍然保持着姿势。

　　"可以。"他温柔地笑着点头，"你来。"

　　她左右扭了扭脖子，站起来伸了个懒腰，才笑着朝他跑过去。

　　"还只是草稿，后期我会画成油画。反正，这也不是对外展示的作品，那是我给我们自己的新婚礼物。就像你说的，会挂在我们的房间里。"许汀舟道。

　　林棉不懂画，但她十分自然地成了他的"脑残粉""汀舟吹"，对着他的画作一顿猛夸。

　　他听着她外行的夸赞，脸上却十分受用："你喜欢就好。"

　　"我爱死了！"她亲了一口画纸却不知道自己嘴上沾上了炭粉。

　　他一瞧，便乐了，下意识地用指腹为她擦拭，却也忘了自己刚刚也是拿这只手握的炭笔。

　　这下，林棉的嘴唇更脏了。

他轻声地说了声："对不起，我把手上的炭粉弄到你嘴唇上了。"

他哪里知道，林棉被他柔软的指腹扫过嘴唇时，心中涌起莫名的悸动。

"这里没有毛巾，我去浴室拿一下……"许汀舟说着起身。

林棉跟在他的身后，突然从他的背后抱住了他。

"汀舟……"她软糯地喘息着叫他的名字。

"棉棉，"他的背有些僵住了，呼吸声也变得粗重，"你的嘴唇脏了，湿毛巾擦得会干净一点……"

她绕到他的身前，捂住他的眼睛，孩子气地说，"这样你就看不见我的嘴唇脏不脏了。"

许汀舟先是一愣，最后微微一笑："你到底要做什么？"

林棉道："你有两个选择：一、不要管我的嘴唇沾没沾上炭粉，立刻吻我；二、用一个比湿毛巾更好的方法，帮我把嘴唇上的炭粉擦掉！"

"好的。"他低头，将二法合二为一地施行了。

湿润、绵长。

甜美、甘芳。

画室里原就靠着窗台有一张贵妃榻。他与她难舍难分，几乎同时倒在了这张并不宽大的榻上。

她恢复了些许意识，一勾手拉上了窗帘。

他本就不便，此时的单手更不听使唤，几乎是颤抖着解开了她的衣衫，她也笨拙地帮他褪去了身上那些累赘的物事。这一次，她完完全全看清了他身上的每一道瘢痕，时而抚摸它们、时而轻轻咬噬，像一只温柔又不失野性的小兽。

他的手掌轻揉着她洁白的身体、脚掌抵着她的，他第一次知道，女孩子的肌肤原来是这样光滑，他仿佛被裹挟在一匹轻盈的绢内——如同一种又轻又软的桎梏，他不想也不能挣脱！

晚餐是许汀舟亲手做好端到林棉卧着的贵妃榻前的。

她不是故意矫情，她是真的觉得累得走不动路。

但是，她还是很有力气和胃口地把他做的饭菜都吃光了。

许汀舟脸上有些心疼和抱歉："对不起啊，棉棉，我弄疼你了。"

林棉羞红了脸道："是我……自己要的。"

"下次我有经验了，会……小心一点的。"

"嗯。"她咬咬嘴唇，道，"我今晚可以睡这里吗？"

"当然可以。"他说，"但你记得给家里打个电话，报个平安。还有，明天一早我就陪你回家，你带齐所有证件，我们去登记结婚。"

"这么急？"

"你……还需要考虑吗？"

"不是……我的意思是，你不要觉得是着急对我负责什么的……"

"如果是要负责，也是对我们两个人负责。"他郑重地说。

"妈妈，你快点嫁给许叔叔，这样我就能让许叔叔做我的爸爸了。"

第九章　尾声

筑梦成真

第二天，林棉和许汀舟从婚姻登记处领完"红本本"后，分别回了林家和许家展示给家人看。所有人都很吃惊。等回过神来后，林妈妈和许爸爸开始询问他们婚礼怎么办等细节，发现他们毫无具体打算，干脆绕过他们去，两个家长就此事开起了电话会议。

在许家宣布二人领证消息的时候，许汀兰也在。难得，她竟语气平和地对他们说了声"恭喜"。虽然听不出多少感情，但起码没有冷嘲热讽，这让许汀舟已很是感激。

"姐姐，"林棉主动示好道，"我以后可以这样叫你吗？"

许汀兰没有回复，也没有反对。

林棉庆幸自己关键时候脸皮够厚，便接着道："我是许家的媳妇、是汀舟的太太、也是你的弟妹，所以从明天起我要搬进这个家，希望我们以后相处愉快。"

这话让一旁打电话的许远山听到后都怔住了，更别提许汀兰。她几乎是用一种看傻瓜的眼神看着林棉，说："你不会不知道，我很难相处吧？"

林棉瞥了一眼许汀舟，微笑道："我这位先生也总说他好难相处的，不过我是一个很好相处的人，现在我和他相处得也很好。"

"这个家我无足轻重，说话没有分量的，所以，你们的去留，你们自己决定就好了。"许汀兰站起身，转向楼梯。

林棉对于改善关系也不急于一时，客客气气地目送她离开："姐姐，明天见！"

"棉棉你真想好了，现在就搬进来？"许汀舟在陪她回娘家收拾东西的路上问，"是不是等婚宴办完再搬进来比较好呢？"

"汀舟，我们可是合法夫妻呢！"她满不在乎地说，"我知道你是为我考虑，可我不在乎那些。倒是你，你会不会不习惯我这么早就把小谷带到你家来呢？"

"怎么会？小谷那么可爱。"他忙道，"对了，要不要给她转到我家的私立幼儿园？"

"不要那么麻烦了，从小上公立学校的我一样长成了好青年，不是吗？"林棉朝他笑看了一眼，"何况，她在自己的幼儿园已经交到了好朋友，我觉得，要她转园她未必开心呢！倒是有一点，你家住的地方离小谷现在的幼儿园有些距离。我要上班，早上要麻烦有人送她去上学。"

"这不算什么。"

"我知道，所以，不需要再做更多额外的安排了。"

"听你的。"

晚餐桌上，肖欢蕊听到林棉第二日便要搬去许家大宅，脸上有些不太高兴，嘴里嘟囔道："你也太不懂事了。虽说领了证，什么仪式都没办，一个姑娘家就这么跑到婆家去，难免让人轻了去！"话虽是在数落自己的女儿，眼睛却瞟向一旁的许汀舟。

许汀舟接了她的眼神，"妈，"他叫得诚恳，"在我心里分量那么重的棉棉，我怎么可能允许别人看轻了她。如果她真的被人欺负，我会毫不犹豫地和她一起搬出来的。"

肖欢蕊脸上的乌云稍霁，缓了缓语气道："也不光是棉棉一个人的事儿，还有小谷呢！你们就这么把小谷带进去了？"

许是因为听到外婆提到自己的名字，小谷插话道："要带我去哪里呀？"

"去许叔叔家，愿意吗？"许汀舟柔声问。

小谷显然并不太明白今天讨论的到底是个什么事，但一听到要去"许叔叔家"还是表现得很兴奋，"好呀好呀！今天我能住许叔叔家吗？——明天再回外婆家。"

3个大人同时忍不住笑了。肖欢蕊假装气恼道："这母女两个都是一样，没良心的，这么容易就被人拐跑了！都走都走，都去你们的'金窝银窝'好了，就我自己一个人守着这个'狗窝'吧！"

林棉心里突然对母亲涌出一丝不舍和愧疚："妈，爸爸过世早，我知道你带我不容易。后来，又有了小谷，也都靠你帮忙带着，我才省了许多心。我这就嫁人了，我知道你舍不得，我保证以后每个礼拜都回来陪你两天。"

"可别弄得和完成任务似的，这也没意思了。"肖欢蕊道，"你们要是忙，就只管忙去，要是有空，就带着小谷回来看看我。"说着，看了一眼汀舟，眼神里有疼惜之意，"就是这里楼梯不好走，每次来，小许要辛苦些了。"

"不如我在我家附近给妈买一套电梯房，我带棉棉和小谷回来看你也方便，你自己上下楼也方便。"许汀舟很自然地接话道。

林棉和母亲同时傻眼。半晌，肖欢蕊才回神道："小许你别误会，妈可不是这个意思啊！"

林棉道："我知道你出手大方，但这可不是小数目，我们不好收的。"

"我也没给棉棉买新房，这套房子，本来就是该我准备的，棉棉不住，给妈住也是一样。"

肖欢蕊和林棉又劝了他几句，还是不肯接受他的馈赠。许汀舟却也坚持不让步。最后，肖欢蕊道："我搬进去住也可以，只是这房子，得用小许你自己的名字买。"

"那不行的，那是我孝敬您的。"许汀舟一脸真诚，"要写，也写您和棉棉的名字。"肖欢蕊想了想，道，"不能只写我或者棉棉的名字，小许，你必须把你自己的名字也写进去。"

许汀舟最终接受了这个提议。林棉打趣母亲道："别人家的妈都恨不得让女婿的房子只写女儿一个人的名字，你倒好，还硬要加上女婿的名字。"

"其实只要你们小夫妻好好的，什么名字不名字的，都是你们一生一世共同的财产。小许我信得过。"

林棉原是要和许汀舟打趣，却见他眼中有泪，轻轻在他腿上揉了揉。

"谢谢妈！"许汀舟哽咽道，"我没想到，你这么信任我。我知道自己不是一个特别好的女婿人选……"

肖欢蕊眼眶也霎时湿润了，"小许，妈一开始待你有些刻薄，你别放心上。不过现在，我是真心实意地把你当半子看，想到你吃的苦头，妈心疼都来不及。真要说起人选什么的，我们家棉棉也不是个豪门媳妇的好人选呀！

可是，缘分的事情谁说得清楚。但你俩都是好孩子，心里又都装着对方，只要齐心协力，我相信你们能把日子过好的。"说着，又特意叮嘱了一句，"你身体不如棉棉健康，有些时候，也别太逞强了，该让她帮扶一把的时候，别不好意思张口。都是夫妻了，这是应该的。你工作忙、压力大，也要注意调节，身体底子本来就不好了，要更加学会保重，知道吗？"

许汀舟和林棉十指相扣，一起点头："知道了，妈。"

他们当晚没有去过二人世界，而是留在了林家过夜。两人对着硬要挤在他们床中间的小谷无奈又好笑。

"你知道吗？小谷对我才没有那么黏，是因为你在才特别会撒娇的。"林棉在小谷睡着后，压低了声音道。

他笑了笑："我真高兴，她没有排斥我。"

"不会的，她随她妈妈。"她娇羞又热切地望着他，"像她妈妈一样，超级、超级、超级喜欢你。"

"爸爸……"

小谷忽然呢喃起来，似乎做了什么梦，嘴里竟然叫着"爸爸"两个字。因为她的身世特殊，林棉和肖欢蕊可以说时常刻意回避这个称谓，想来，孩子渐渐大了，又进了幼儿园，也不可能对这个称谓毫无概念。林棉突然心疼起来，有些担忧小谷在幼儿园里看到别的孩子父母双全，会不会感到受伤。

许汀舟与她对视了一眼，轻轻拍抚小谷的背脊："小谷乖，爸爸在这里。"

小谷嘟囔了一声，翻转身，下意识地扑到了他的怀里。一不小心还扑得猛了些，撞到了小鼻子，让她清醒了几分，眼睛睁了开来。

"爸爸，你长得和许叔叔好像啊！"她的意识还半留在梦中。

"如果许叔叔就是你的爸爸，你会喜欢吗？"许汀舟的声音温柔如云。

小谷点点头，小手背揉了揉眼皮道："喜欢。可是，许叔叔能做我的爸爸吗？"

"当然能。"许汀舟道，"只要小谷的妈妈嫁给我，我就是小谷的爸爸了。"

"那——"小谷将脸转向林棉，"妈妈，你快点嫁给许叔叔，这样我就能让许叔叔做我的爸爸了。"

"已经嫁啦！"林棉笑呵呵地摸摸女儿的小脸蛋，"许叔叔那么好，妈妈当然要让他做我们小谷的爸爸咯。"

小谷原先还对母亲和许汀舟如今的关系变化一知半解，现在总算有了些概念。其余的对她来说都不重要，重要的是，她有爸爸了，还是她最喜欢的许叔叔！

林棉原本还没想好今后让小谷怎么称呼许汀舟，是维持现状还是怎样，现在看来，小谷已经有了自己的答案。

"爸爸！"小谷扭糖似的抱住了许汀舟，"我也有爸爸了，还是那么好的。爸爸，你以后有空可以来幼儿园接我放学吗？"

许汀舟愣了愣，问道："小谷，爸爸想问你一个问题。"

"嗯？"小谷扑扇着长睫毛看向他。

"如果被别的小朋友看到爸爸只有一条手臂，你会不会觉得丢脸呀？"

"别的小朋友的爸爸都没有我的爸爸帅，而且又温柔，我才不丢脸呢！"小谷接着道，"妈妈说过，你是因为受伤了才会只有一只手的，我以前手指被门夹到过，就已经很疼很疼了，可是你受的伤让你整个手都没有了，一定更疼吧！爸爸都没有哭，真的好勇敢哦！"

"爸爸也哭过的，因为当时真的很疼。"许汀舟的笑意里有些苦涩，但更多的是释然，"不过现在已经不疼了，爸爸以后也不会因为这个而哭了。"

林棉和小谷同时伸出手臂拥抱他，他也将她们环入怀中。

林棉第二天吃过早饭，送完小谷去幼儿园后，和许汀舟一起回了许家。

出门前，许汀舟问她，今后是打算辞职还是继续工作。她的想法一如既往。许汀舟也很支持，就问她要不要现在就开始请婚假。她想了想，目前反正还没有结婚旅行的打算，倒不如把婚假放在后面。只是昨天才领证，她还想和许汀舟多腻歪一会儿，便说先休息个两天，然后就回去工作。

许家的客厅里，许远山早早便坐着等他们回家。许汀兰则没有出现，也不知是否在家。

林棉忍不住问："姐姐在家吗？"

"她一般没有这么早起。"许远山皱眉道，"林棉，你可别怪她怠慢了你，她平时也是这样的。"

"没关系，每个人有每个人的生物钟嘛！"林棉道，"那就晚些时候，我再过去和姐姐打招呼好了。"

许远山道："你能愿意和汀舟一起回来住，我就已经很高兴了。林棉，别勉强做一些会让你觉得不开心的事，爸知道你是个好心肠、好脾气的孩子，只是有些事，你也帮不上忙的。"

楼梯上有了动静。林棉抬头，见是披着睡衣下楼的许汀兰。

"是谁让弟妹不开心了？说出来让我评评理！"她语带讥诮地看着沙发上的众人道。

林棉站起身，迎上前去："姐，没有人让我不开心，大概，现在全世界都没有几个人比我更开心了。"她的目光转向许汀舟，眼里是不加掩饰的满满的爱意。

许汀兰走下楼来，坐到餐桌边上。厨房很快为她上了早点，她便一言不发吃了起来，眼睛却时不时瞟向客厅里的其他人。

"早点有没有做多呀？"林棉忽然道，"我早上吃得早，走得又匆忙，感觉又有些饿了呢！汀舟，你饿不饿？要不要和姐姐一块吃一点？"她向许汀舟使了个眼神。

多少年，许家姐弟都没有在一张桌上平心静气地吃过早饭了。

许汀舟懂了她的心思，便也顺势道："好啊，你一说我也有些饿了。"

许远山忙吩咐厨房又上了两人份的咖啡、煎蛋、培根和面包片。林棉大大方方地拉着许汀舟在餐桌边坐下。许汀兰用一种看傻瓜的眼神看着她，嘴角有一丝意味不明的笑意。但好歹，她没有离席，也没有出声反对。

林棉很自然地把抹好了黄油的面包片换到了许汀舟跟前，又从他的盘子里拿了面包开始给自己抹黄油。

"你倒是挺体贴的。"许汀兰蓦然开口。

林棉和许汀舟没想到她会率先打破沉默，都怔了一下。

"那当然，"林棉说，"他的手不方便，我不在边上的时候，他只能靠自己，我就在边上，只要看到了、想到了，都会为他打理好的。"

"这话也就你敢说。"许汀兰道，"过去，他不提，谁敢提他的不方便。他是个被人从小捧在手心里的水晶娃娃，说不得碰不得的。"

"就是就是！"林棉顺着她的话说道，"这才养成了他好多坏脾气。刚认识他的时候，他就给我来了个下马威呢！说是考验，却是要把人训练成他肚里的蛔虫才满意。整个一个暴脾气、冷面孔，完全自我中心的家伙。"

"他有这么坏？"许汀兰倒对她的这一评价显得有些惊住了。

林棉道："其实也没有很坏，但是，他表现的样子就是容易让人生气。"

"那你还嫁给他？"

"他是有很多缺点，可是，待人很真。而且，温柔的时候、关心人的时候，都是能到人心坎里的那种。甚至比别人感受到的还要更真心、更深情。我也是慢慢才知道他的秉性。姐，你认识他比我久，又是同胞手足，你肯定更了解他，对吗？"

"他啊……"许汀兰望了一眼自己的弟弟，"我们这几年，都没好好说过几句话，他看到我都避之唯恐不及呢！"

"姐，不是这样的。"许汀舟急切地分辩道，"我何尝是在躲你、躲这个家，我是觉得你不愿意看到我，我才搬出去的。但是我错了，我想欠着你的梦想、欠着你对我付出的牺牲就这样逃跑了，是我的懦弱和自私！所以我回来了，这一次，除非你不想看到我、你要远离我，我是不会再搬出这个家了。小时候我们就一起住在这里，一起玩闹、一起上学、一起学画……这个房子的储藏室里，大概还有我们小时候的玩具和画纸，有我们的回忆。我不会忘记的，我也不信你忘了。姐，我们这些年所争吵的东西，和那些纯真美好比起来算得了什么？你觉得我侵占你的东西，只要是我可以还的，我都可以还给你。我害你错过的、我还不起的，我也想尽可能地弥补你。"

许汀兰握着叉的手有些颤抖，她掩饰地放下叉子，将手放回到膝头。

"我吃饱了，你们慢用。"她起身上楼。

"依我看，姐姐也不是不通情理的人，慢慢来吧。"林棉对许汀舟宽慰道。

"冰冻三尺非一日之寒，我明白的。"许汀舟说，"她没有翻脸，耐着性子听我把话说完，已经是在给我修复感情的机会。我心里很感谢她。过去，我还不太明白她的心，甚至因为命运的不公，就下意识地觉得周遭的人应该多给我一些体贴退让，其实我没有资格让别人站在我的立场上为我考虑。姐姐失去的东西，不比我少，只是她的牺牲隐忍，被我那场意外的阴影给遮挡住了。可我现在已经完全体会到她的痛苦，我没有理由视而不见。棉棉，"他轻唤她，"谢谢你让我完全从我自己的悲剧阴影中走出来了，才让我更能看清楚我周围的人，他们的喜怒哀乐、他们的立场，让我可以有精力与人换位思考，而不是沉浸在自己的苦痛里。"

"汀舟，我永远和你并肩而战。"她的誓言简短而掷地有声。

许家的晚餐桌上很少这么热闹：许汀兰一家三口都在；许汀舟也成立了小家，也是一家三口。赵富刚退出文心集团后，自己成立了一家货运公司，据说干得还不错。这次见了许汀舟两人脸上难免有些尴尬，但也只是不多话，没有撕破脸。

童童和小谷之前就见过了，虽然中间隔了一段时间，两人却很快又熟络了起来，吃过晚饭就和遛狗的保姆一起去院子里玩耍。

婚后的日子平淡也温馨。虽然许家的氛围称不上其乐融融，但因为白天大部分时间仍然在"文心"工作，也只有早晚和双休日在家，所以，偶尔怪异的家庭气氛对林棉的心情也没有很大影响。何况，对于许家姐弟的心结，她早有心理准备，要解开是一场持久战。好在她也渐渐摸到些许汀兰的脾气，而许汀兰对她也并不很排斥，没有真正难为过她。

两个月后，许汀舟和林棉开了几桌婚宴，他们没有照许远山的建议大操大办，只邀了5桌至亲好友，在一个私密的园林办了露天婚礼。沈乔刚出月子不久，看上去恢复得很不错，见面便和汪豫一同打趣他们这对新婚夫妇，说当时还想会不会被他们抢先办了婚礼，又说许汀舟还是动作太慢了，这么晚才把林棉这样好的姑娘娶到手。

许汀兰送了一幅自己画的百合花小油画作为贺礼。许汀舟和林棉将它和"泊舟""棉花"以及林棉的小像一起，挂在了卧室内。

他们从塞舌尔度完蜜月回到家，分发礼物时见许汀兰不在，问了父亲才知道，这几天她身上不舒服，浑身没有气力，腰酸骨痛，连日常三餐都是让佣人送上楼去的。赵富刚成天不见人影，有时夜晚都不着家。林棉想想，虽然许家不缺保姆，但病中的人还是更希望得到家人的关怀，便常为许汀兰端茶送水，连晚饭也由自己送上去。许汀舟也常去她卧室看他，虽然说不上几句话，但许汀兰终究也没有嫌他烦、赶他走的意思，任由他略有些尴尬刻意地找着话题，也不阻止。

如此四五日，许汀兰大概是真忍不住了，便对自己的弟弟说："你知不知道，你既不会讲笑话，也不会安慰人。"

林棉刚好端了果盘上来，一听也笑了。

许汀舟讷讷地低头道："我知道。"

"不过，看得出你已经尽力了。"许汀兰说。

"那姐姐你先休息，我明天再来。"

"什么来不来的，你不是已经住回来了？"许汀兰道，"就是我可求求你了，别再给我讲我小时候的糗事了，你觉得好笑，我可还要面子的，特别是当着你那小娇妻的面。"

许汀舟笑着，边答应、边起身离开她的卧室。

许汀兰病了快一个礼拜，始终热度不退，身上还起了许多出血点。一家人这时才觉得严重，赶紧送了院。结果很不幸，经过了一番详细检查，许汀兰被确诊为M2型白血病。

确诊的时候，许汀舟给赵富刚打了通电话。赵富刚在电话那头的反应出乎他的意料，那个男人竟然哭了，挂了电话便很快赶到了医院。

赵富刚身上的酒气未散，很显然之前是在酒桌上喝了不少。出现在众人面前时鬓角凌乱、眼睛红肿。许汀舟见他一副跌跌撞撞的模样，心里的火气噌地上来了，扑上去就给他来了一拳。

赵富刚也没躲，反而一顿捶胸顿足，嘴里喊着妻子的名字，自己搧了自己好几巴掌。

许汀舟指着他道："赵富刚，我姐病了这几天，你在家里出现了几分钟？你现在在这里演这出哭天抢地给谁看？"

"汀舟，我不是人！但你先让我进去看看你姐，我出来随便让你打骂，我不知道她竟然病得这么重！"

林棉劝道，"汀舟，现在不是追究的时候，你别拦着他，他想看姐姐，你就让他进去，不然，我们叫他回来做什么？"说着，又压低声暗暗指了指瘫坐在长廊上的许远山道，"这种时候，也得顾及老爷子的心情，再闹起来，恐怕更截了他的心，年纪大的人承受不住。"

许汀舟狠狠地瞪了赵富刚一眼，让他进了病房。许是看他满身酒气，又不放心，也一起跟着去了。

"汀兰！"赵富刚跪倒在病床前，"你病了也不知道给我打电话！我是个混蛋！我早就该注意到你不舒服，我怎能就、怎么就还只知道往外跑呢？"

许汀兰显得很平静："富刚，我们离婚吧。"

赵富刚呆住了，其他人一时也没有反应过来。

"汀兰，你原谅我，以后我会做一个合格的丈夫，我不再花天酒地，我会用所有时间陪你！你好好休息，说气话伤身！你也别瞎想，白血病只要有钱，一定能治好的。我们好好治病，啊？"赵富刚拉过她放在被子上的手，急急说道。

"我已经对你没有价值了。"许汀兰从丈夫手里抽出自己的手，"我既不能助你得到许氏的企业，更不能给你带来幸福的家庭生活。如果你觉得，等我死了，你有资格得到我的遗产的话，那你也大可不必等，我的大多数个人财产都会留给童童。而如果你现在同意离婚，我个人账户里的所有钱我可以分一半给你，那也是一笔说多不多说少不少的数字了。其余的，如果你怕吃亏，可以咨询律师或者让法院判。只要不太过分的要求，我都没有意见。你还能早点收获自由之身，这对你而言是好事吧？你没有理由拒绝的。"

赵富刚忽然冷笑着起身，指着病房里的一干人等道："你们所有人是不是都只把我当成一个贪恋富贵的小人？是，我是爱财、爱地位，但是汀兰，最初的最初，我是真的因为那个女孩是你，所以才追求你的！是，你是许氏的千金，你有能力让我少奋斗10年甚至20年！但你——还有你的家人们，凭什么认为我就没有心、没有尊严？我爱你，从一开始到现在，你们谁信过？我躲着你、躲着你们所有人花天酒地，你以为我是在享乐吗？我的痛苦，你们谁在意过？汀兰，你从来没看得上我，我在你眼中才是那颗可以随便抛弃的棋子！但是怎么办，这颗棋子也有自己的感情、自己的意志！你要离婚？可以！等你好起来，我再和你好好谈！该给我的每一分，我都要算清楚的，毕竟我是一个斤斤计较的小人！但是现在我拒绝你的提议！还有，我是个浑人，童童还小，不能没有母亲，为了孩子，也请你努力活下去！"

"有时候回过头来想，我们全家人都不自觉地多多少少带着些自以为是的优越感，以前我很讨厌赵富刚，甚至打心眼里看不起他，可今天我才觉得，过去种种，我们家人对他的态度也有问题。他对我姐不说是十分真心，也有一两分吧？是我们一直在忽略甚至践踏他的真心。患难见真情，没想到在这种时候，他会对我姐选择不离不弃。人性真是复杂，实在不能轻易去断言一个人，否则，会错判很多人、很多事。"

深夜的医院走廊，许汀舟握着便利店买来的咖啡，对林棉感慨道。

这几天，许家上上下下都忙着许汀兰的治疗事宜，林棉发觉了自己身体的变化，先是偷偷买了验孕棒，又经过医院确诊，她怀孕了，已经有两个月了。

她苦恼了好久，才告诉了许汀舟，"汀舟，我这时候怀孕，是不是给你们忙中添乱了？"

许汀舟道："胡说，这是喜事，我怪我自己粗心大意忽略了你还来不及呢！"

他们把这个喜讯告诉了其他人，许远山当然最为高兴，两个小孩子听说家里要有弟弟或妹妹了，也是新奇兴奋得很。许汀兰也显得很高兴，经过这一病，她身上的棱角戾气都褪去了大半，反而对许汀舟和林棉越发和颜悦色起来。

"姐，"许汀舟拉着她的手道，"你小时候文学方面比我好，孩子的名字，你帮忙起一个，好吗？"

"哪有我起名的道理？"许汀兰的病情控制得还不错，这两天精神也还好，"就是你不想自己起名，也得问问孩子妈妈的意见。"

"我没意见啊！"林棉说，"姐姐你就给起一个呗。"

许汀兰思忖了一下："单名一个'塑'，可塑之才的'塑'可好？"

"许塑？许塑……"林棉念了两遍，欢喜道，"这个名字好，不论男孩女孩都能用。看上去简单、实际又有深意！姐姐你真厉害！"

"姐，这名字还有另一层意思吧？"许汀舟说，"谢谢你，谢谢你还帮我记着我曾经的梦想。"

"我怎么能忘呢？我还留着你大一时给我塑的头像呢……"许汀兰哽

咽道。

"你没有扔？"许汀舟不敢置信地问。

"你的那双手那么巧，把我雕塑得那么美。"许汀兰咬了咬嘴唇，"汀舟，你出了那样的事，不管你信不信，我心里一直都很恨老天爷的残忍。"

"姐，"许汀舟的泪打在了许汀兰的被子上，"我们之间曾经有太多误解了，如果能化解这些误解，我愿意为此做所有努力。"

"傻弟弟，我们之间早就没有那些了。"许汀兰笑中带泪，"倒是我要拜托你一件事，万一将来，我走了，替我多照看些童童。"

"姐！现在的我不想听你说这些话，如果将来有一天……那也不需要你说这样的话。"许汀舟哑声道。

"汀兰，你放心，我再混蛋也是童童的父亲，但我希望童童的童年不止有父亲，还能有母亲的陪伴！汀兰，你要快点好起来，只有好起来了，才有力气甩掉我！"赵富刚道。

许汀兰听到他的话，居然笑了一下。那是一种发自内心的笑容，没有讥讽、没有轻蔑。

"汀兰，你笑了！我让你笑了！"赵富刚竟然高兴得像个孩子。

林棉与许汀舟也相视一笑。

半年后，医生根据许汀兰的身体情况，建议做造血干细胞移植手术。许家人包括姑表亲戚，愿意捐献的都去医院检查配型，幸运的是，许汀舟和许汀兰属于"全相合"。

许汀舟第一时间把这个好消息告诉了姐姐。许汀兰却显得不那么高兴。

尤其是当她询问了医生捐献的过程后，更是明确地表示不接受弟弟的造血干细胞移植。

赵富刚急得抓耳挠腮，放低了姿态求着拉着许汀舟一定要做通他姐姐的思想工作。

许汀舟心底也急得很，但见赵富刚对姐姐如此上心，多少也添了些安慰。这阵子他和赵富刚的关系缓和了许多，一声"姐夫"也是叫得真心实意："姐夫，你放心，她是我姐，我一定要守护住她。我们一起等她康复回家。"

许汀兰固执得很，可许汀舟也和她一个脾气。

更何况，在这件性命攸关的事情上，全家人都站在许汀舟这一边。

许汀兰说："林棉快要生了，这种时候，汀舟应该好好陪着老婆待产。"

林棉立马接话："我的身体一直挺好的，再说，有没有人陪着到时都会瓜熟蒂落，就算他24小时陪在我身边，也不能替我生孩子呀！对了，我妈这几天也搬到家里来住了，要说照顾，汀舟恐怕还及不上我妈细致。"

"我问过医生，现在的骨髓移植常人是左右手臂各插一根针管，从一只手臂把血抽出来，通过仪器采集干细胞后，再从另一只手臂把血回输给捐献者。汀舟……"许汀兰看了眼弟弟，"你不方便。"

"关于这个我也问过医生，操作的时候，可以将回输的针管插到我的右腿上。"许汀舟道，"姐，难道就因为我残废了，就连救自己姐姐的资格都没有了吗？"

"不是……"许汀兰似乎想起了一些令她后悔的过去，"我之前说了很多伤你心的话吧，那不是真心的……刚才我那么说，是不想你吃苦头，听说很多人献完骨髓后都有手脚抽筋什么的副作用，只怕你给我移植完，得坐好几天轮椅呢！就只有一条手臂一条好使的腿了，也不知道珍惜……哎，我真是糊涂了，尽说这样讨人厌的话……我的意思是，姐姐舍不得……"

"坐几天轮椅算什么大事，只要你能好，坐一辈子轮椅我都愿意！"许汀舟认真地说。

"你瞎说什么，这话让林棉听了什么感觉！"许汀兰急红了眼。

林棉掉了一滴眼泪，却笑道："姐，我嫁了一个很好很好的男人呢！——这就是我的感觉。而且，说句不吉利的傻话，如果他愿意为了你坐一辈子的轮椅，我就愿意为他推一辈子的轮椅。他的心思就是我的心思，我们都想你快点好起来、快点出院回家团圆！姐，许塑还等着亲口谢谢姑姑给他起的名字呢！"

坐在一旁一直未吭声的许远山道："汀兰，过去我给你的爱不够多，没有让你获得足够的安全感和幸福感，我很后悔。现在的我，很怕失去我的女儿，我想祈求一个机会，让我在余生弥补，学着做一个好父亲！"

许汀兰说："爸爸，你知道，移植手术真正的成功率不会超过五成吧？"

"我知道，五成已经不少了，值得赌一把。"

许汀兰含泪笑道："说得也是呢，那就赌一把。"

许汀舟开始了捐献前的准备，每天早上都要抽血检查，早晚各注射一次动员剂，把造血干细胞引到血液中。

连续打了几天的动员剂，终于迎来了造血干细胞采集。

正如之前他们向医生咨询的采集方案：常人是左右手臂各插一根针

管，从一只手臂把血抽出来，通过仪器采集干细胞后，再从另一只手臂把血回输给捐献者。可许汀舟只有一条左臂，医生只能将回输的针管插到他的右腿上。

许汀舟的身体有些副作用反应，例如腿抽筋、手臂无力，虽说是有心理准备的正常现象，林棉还是忍不住偷偷掉眼泪。不过好在许汀兰的造血干细胞移植很成功，她也觉得许汀舟吃的这些苦都是值得的。

林棉的肚子已经很大了，看着许汀舟需要人照料自己却帮不上多少忙，心里也是很懊恼。许汀舟也是，一个劲地和她抱歉，最后只好无奈地拜托林棉肚子里的小许塑争气一点，求宝宝到出生的时候让当妈妈的林棉少吃点苦头。

——小许塑大概是听懂了爸爸的恳求，林棉生产的那天，随着一声响亮的啼哭，这个七斤二两的小男娃，健健康康、顺顺利利地离开了母体，呱呱坠地了！

两年后，许塑添了个妹妹。

女儿的名字是许汀舟取的，叫"许筑"，他说，那是"筑梦"的"筑"。

而比梦想更了不起的，是永远有脚踏实地、筑梦成真的勇气。